Ela

Michael Hopp

Lübbings Hundstage

Kriminalroman

Prolibris Verlag

Handlung und Figuren sind frei erfunden. Darum sind eventuelle Übereinstimmungen mit lebenden oder verstorbenen Personen zufällig und nicht beabsichtigt. Nicht erfunden sind Institutionen, Straßen und Schauplätze in Osnabrück und Umgebung. Mit einer Ausnahme: Das Georg-Forster-Gymnasium in Belm gibt es in der Realität nicht.

Originalausgabe 2. Auflage 2007

Tel.: 0561/766 449 0, Fax: 0561/766 449 29

Lektorat: Anette Kleszcz-Wagner
Titelfoto: Karsten Guhrmann, Salzgitter
Druck: Fuldaer Verlagsanstalt
ISBN: 3-935263-41-4

www.prolibris-verlag.de

Finsternis

Trüb und kalt ist der Nebel

Ich weiß nicht wo ich steh
weiß nicht wohin ich geh
geh aber gleichwohl weiter

Ich weiß nicht wird es dunkel
weiß nicht wird es noch hell
geh aber gleichwohl weiter

Trüb und kalt ist der Nebel
ich geh aber gleichwohl weiter

Osterwochenende 1977

Sie war auf dem Heimweg, beschwingt und leicht tänzelnd. Ihr sommerliches Kleid mit einem flammenden Blumenmuster, wie es gerade in Mode war, warf im unteren Teil Falten und flatterte etwas in der milden Abendbrise. Mit ihren fast fünfzehn Jahren reifte sie allmählich zur Frau, ohne dass es ihr richtig bewusst wurde. Es war ein Wechselbad der Gefühle. Seit einigen Wochen interessierte sich einer ihrer Mitschüler sehr für sie. Blickkontakte im Unterricht, dann die geflüsterte Frage, ob er sie nach der Schule nach Hause bringen dürfe. Beim zweiten Mal hatte er verlegen ihre Hand genommen. Und so waren sie sich immer näher gekommen.

Vor zwanzig Minuten hatte er sie das erste Mal in einem stillen Winkel des Ortskerns geküsst. Zärtlich, kein Zungenkuss, von dem ihre nicht so schüchternen Mitschülerinnen immer erzählten. Er hatte seine Hände auf ihre Schultern gelegt, war dann langsam damit ihren Hals hochgefahren, hatte ihren Kopf in seine Hände genommen und sanft seine Lippen auf ihren Mund gedrückt. Sie war erleichtert, dass er nicht mehr erwartete, und es war schön gewesen.

Das Mädchen schaute auf die Uhr. Bis zum Abendbrot mit den Eltern hatte sie noch etwas Zeit. Trotzdem nahm sie die Abkürzung über das Areal des Georg-Forster-Gymnasiums – aus reiner Gewohnheit. Eine Treppe führte hinunter auf den Schulhof, wenn sie den überquerte, gelangte sie über ein paar weitere Stufen zum Fußweg am Ickerbach.

Ein Pfiff ließ sie stocken. Unter der mächtigen Eiche am Rand des Schulhofs, einem beliebten Treffpunkt der Belmer Jugend, hatten sich fünf Jungen zusammengefunden. Sie kannte sie nur flüchtig, da sie eine höhere Klasse besuchten. Einer von ihnen winkte ihr zu. Sie schlenderte auf die Gruppe zu. Kokett und fröhlich.

„Na, möchtest du auch eine Zigarette und einen Schluck Bier?"

Sie lehnte ab. Dass Jungen in dem Alter immer so taten, als seien sie unheimlich erwachsen! Einige Zeit lang alberten sie herum. Die Jungen mit mächtigem Imponiergehabe. Breitbeinig standen sie da, eine Hand immer lässig in den Taschen der Schlaghosen, als wären sie die härtesten Männer des Ortes. Dabei konnte sie deutlich sehen, dass einige von ihnen Alkohol nicht vertrugen, aber sie nahm es mit Humor.

Der Wortführer, ein etwas dicklicher Blonder, mit noch reichlich Akne im Gesicht, fragte schließlich: „Hast du dich wieder mit deinem Schatz getroffen, diesem Hänfling aus deiner Klasse?"

Leicht empört antwortete sie: „Ich wüsste nicht, was dich das angeht."

Die Stimmung bei dem Dicken schlug um: „Es geht mich an, dass du ne heiße Braut bist."

Völlig überraschend trat er ein paar Schritte vor, griff unter ihren Rocksaum und fasste ihr zwischen die Beine. Sie geriet in Panik, konnte seinen alkohol- und nikotingeschwängerten Atem riechen. Intuitiv schlug sie ihm vor die Brust, so dass er einen Meter zurückwich. Dann drängte sie sich an ihm vorbei und rannte los. Sie hörte noch: „Na warte, du Biest. Los hinterher!", und wusste, dass die Gruppe sie verfolgte. Während des Laufens schaute sie über die Schulter. Der Dicke hatte schon den Kontakt zu seinen Kumpeln verloren, aber ein anderer war ihr bedrohlich nahe gekommen. Sie rannte zur zweiten Treppe, die zu dem kleinen Bach hinunterführte, ihr ärgster Verfolger kam näher. Oben an den Stufen drehte sie sich um, um ihn zu treten. Aber er konnte ihr erhobenes Bein packen und zog es am Fuß nach oben.

Sie verlor den Halt und kippte nach hinten. Es war ihr Nacken, der auf der Treppenkante aufprallte.

1

Fröhlich stiegen die beiden Mädchen aus dem Linienbus am Berliner Platz und machten sich auf den Weg zu ihrer Schule. Seit zwei Jahren besuchten Katja und Leonie das Carolinum, das älteste Gymnasium in Osnabrück. Sie waren Freundinnen geworden.

Für ihren Schulweg wählten sie nicht die belebte Möserstraße, sondern gingen durch die Passage der Sparkasse auf die Georgstraße. Während die beiden Teenager am Harrmannsbrunnen auf den baumgesäumten Wall abbogen, vertieften sie sich in eine sehr wichtige Diskussion, jedenfalls für Mädchen ihres Alters. So sehr sie auch die besten Freundinnen waren, an der Musik schieden sich ihre Geister. Während Leonie absoluter Robbie Williams-Fan war, mochte Katja mehr die rockige Fraktion. Leonie erregte sich: „Nickelback, ausgerechnet Nickelback! Mein Vater sagt, das sind Kanadier und die können noch nicht einmal richtiges Englisch sprechen.“ Leonies Vater war Englischlehrer.

Katjas Konter ließ nicht auf sich warten: „Und mein Vater sagt, Robbie Williams ist ein Frank Sinatra-Verschnitt und wenn er auf Deutsch singen würde, hätte wahrscheinlich Harald Juhnke noch besser geklungen!“ Katjas Vater war in seiner Jugend Roadie bei einer ziemlich erfolglosen Rockband gewesen. Außerdem hörte er mindestens einmal pro Woche „AC/DC“ und „Motörhead“, nämlich immer dann, wenn seine Frau ins Fitnessstudio ging.

„Und wer, bitte schön, ist Harald Juhnke?“, fragte Leonie spitz.

„Keine Ahnung, wahrscheinlich irgendein alter Saufkumpel von meinem Daddy.“ Um die Freundin ein wenig zu besänftigen, fügte sie hinzu: „Aber einen süßen Hintern hat der Williams wirklich.“

Beide kicherten. Leonie knuffte Katja in die Rippen.

Die Mädchen hatten mittlerweile die hölzerne Brücke erreicht, die vom rechten Haseufer hinüber auf das Gelände des Gymnasiums führte. Das war einer der schönsten Plätze am Fluss innerhalb des Osnabrücker Stadtgebietes. Die Hase floss ruhig auf die Vitischanze zu, als genieße sie die gemächliche Strömung, mit der sie sich hier durch die Innenstadt winden konnte. In der Nähe der Brücke, direkt beim Carolinum, gab es eine ziemlich große Plattform aus Holz, einen Bootssteg, der vom linken Ufer in das Wasser hineinragte. Normalerweise gingen die Mädchen an dieser Stelle gedankenlos vorüber. Doch heute fiel Katja ein Mann auf. Er saß auf der Uferböschung, oder besser gesagt, er hatte sich zurückgelehnt. Mit den Füßen schien er sich auf dem Bootssteg abzustützen.

Katja stieß Leonie an und zeigte auf das Bild: „Guck mal, wie blöd der grinst. Und einen Schal hat er auch noch um, dabei ist doch schon Frühling."

Die beiden Mädchen gingen vorsichtig und um unbeteiligtes Aussehen bemüht näher. Als sie sich neugierig über die Brüstung der Brücke beugten, stellten sie fest, dass der Mann nicht grinste. Jetzt konnten sie sehen, dass seine Zunge halb aus dem Mund hing und seine Augen ins Leere blickten. Zwischen seinen leicht angewinkelten, gespreizten Beinen stand eine Dose. „Oh, mein Gott!", stieß Leonie hervor und Katja entfuhr ein „Shit, verdammte Scheiße!" Für die beiden stand fest, dass der Mann mausetot war.

Sie rannten los in Richtung Schule, brachten mit ihrem Bericht den Direktor, das gesamte Lehrerzimmer und schließlich den Hausmeister in Aufruhr. Der setzte sich nach den Angaben der Mädchen in Richtung Hase in Bewegung, war kurze Zeit darauf wieder zurück und nickte dem Direktor zu: „Die Mädchen haben Recht."

Binnen Minuten traf die alarmierte Polizei mit einem Streifenwagen ein. Nach einem kurzen Blick auf den Toten stellte der Ältere der beiden Wachtmeister fachmännisch fest: „Das sieht nicht nach einem natürlichen Tod aus. Alarmiere die Inspektion und dann bring die Absperrbänder aus dem Auto." Vorsichtig bewegten sich die Polizisten die Uferböschung hinauf, um nicht noch mehr Spuren zu verwischen.

Für die beiden Teenager fiel wenigstens der Mathematikunterricht aus. Und am nächsten Tag waren sie in der Neuen Osnabrücker Zeitung abgebildet, auf der ersten Seite im Lokalteil.

Ein Bericht über Robbie Williams erschien erst sechs Seiten weiter hinten.

*

Hauptkommissar Kurt Warnecke war schwer genervt. Er war noch keine drei Stunden wieder an seinem Arbeitsplatz und hatte sich eigentlich nach seinem Kurzurlaub in der letzten Woche vorgenommen, alles etwas ruhiger angehen zu lassen. Er wollte nicht wie sein Ex-Kollege Knut Jeschke enden, der wegen einer chronischen Gastritis, die nach Auskunft der Ärzte psychosomatische Ursachen hatte, den Polizeidienst quittieren musste und nun Frühpensionär war.

„Jeschke", dachte Warnecke, „wir haben ihm beim Fall der Morde in Kalkriese wohl Unrecht getan. Er war damals schon krank und deshalb war die Zusammenarbeit mit ihm wohl so schwierig gewesen."

Warneckes Kurzurlaub war auch nicht gerade als gelungen zu bezeichnen. Seine Frau hatte ihm zum 25jährigen Hochzeitstag eine viertägige Reise nach Hamburg geschenkt. Sie war in der Hansestadt aufgewachsen und hatte dort die ersten zwanzig Jahre ihres Lebens verbracht. Nach ihrer Heirat waren sie immer nur kurz zu sonntäglichen Besuchen bei Warneckes Schwiegereltern dort gewesen. Seine Frau meinte nun, er müsse die Stadt einmal richtig kennenlernen und hatte ihm jeden Tag ein volles Programm verpasst. Der ganze touristische Mist, Fischmarkt, Jungfernstieg, Hafenrundfahrt, brach mit voller Wucht über Warnecke herein. Dann auch noch diverse Besuche bei verschiedenen alten Bekannten seiner Frau. Aber bereits die Anreise war eine Zumutung gewesen. Natürlich war der Reisebus auf der Hinfahrt in einen Stau vor dem Elbtunnel geraten und das Hotel nahe der Reeperbahn war übervölkert mit meist betrunkenen Kegelfahrtteilnehmern. Schon nach einem Tag hatte er die Nase gestrichen voll. Gab sich aber große Mühe, damit seine Frau davon nichts merkte. Als der Bus sich nach der ebenfalls unsäglichen Rückfahrt wieder Osnabrück näherte und er von der B 68 aus den hohen Turm der Katharinenkirche erblicken konnte, kam sogar so etwas wie Rührung in ihm auf.

„Kurt", rief Warnecke sich zur Ordnung, „kümmere dich lieber mal um deine Arbeit!"

Das war allerdings leichter gesagt als getan. Erst einmal musste er sich informieren, was in seiner Abwesenheit passiert war, z.B. über den Mord am Haseufer. Die Leiche war, wie er den Akten entnahm, vor achtundvierzig Stunden entdeckt worden und hatte das sonst so beschauliche Osnabrück in nicht gelinde Aufregung versetzt. Obwohl die regionale Presse sich wohltuend zurückgehalten hatte, waren die seltsamen Umstände des Falles zum Teil durchgesickert. Warnecke klappte den Aktendeckel wieder zu. Er beschloss, sich von seinen Kollegen, die nun schon seit zwei Tagen in den Fall involviert waren, berichten zu lassen. So konnte er auch gleich ihre Stimmungen und Eindrücke ausloten.

Ja, seine Kollegen. Die Zusammensetzung seiner Abteilung hatte seit dem letzten Mordfall ein völlig neues Gesicht bekommen. Von der alten Besetzung waren nur noch Holger Schröder und Peter Kerkhoff dabei. Ulla Hufnagel war tot, Knut Jeschke in Pension. Neu hinzu gekommen war Johannes Bollmann, von dem sich Warnecke noch kein richtiges Bild machen konnte, da er ihn erst kurz vor seinem Urlaub kennengelernt hatte. Er wusste nur, dass Bollmann auf einem Bauernhof nahe dem emsländischen Dörpen aufgewachsen war. Allerdings hatte er alle notwendigen Lehrgänge , obwohl er noch recht jung war, mit Bravour bestanden. Insgesamt hatte er bisher auf Warnecke einen ruhigen, sachlichen Eindruck gemacht, obwohl er den Stolz, zur Kommission zu gehören, nicht verhehlen konnte.

Die andere Stelle war noch nicht wieder besetzt, und Warnecke hatte den Verdacht, dass sein Vorgesetzter Dr. Laurenz sich damit auch weiterhin Zeit lassen würde. Mit Personaleinsparungen konnte man sich bei höheren Stellen immer empfehlen. Warnecke seufzte, dabei war „sein Laden“ schon vorher unterbesetzt gewesen.

Um zehn Uhr waren alle Beamten versammelt. Nach den üblichen Begrüßungsworten, Gott sei Dank fragte niemand nach seinen Hamburger Erlebnissen, blickte Warnecke Johannes Bollmann an: „Wir duzen uns hier normalerweise, geht das in Ordnung?“

„Auf jeden Fall, auf jeden Fall“, beeilte sich Bollmann erfreut zu versichern.

„Na denn, was könnt ihr mir bieten?“

Holger Schröder ergriff das Wort, als wäre seine Federführung in Abwesenheit des Chefs selbstverständlich gewesen. Warnecke hatte seine Meinung über Schröder im Lauf der letzten zwei Jahre ändern müssen. Zuerst hatte er ihn etwas beschränkt gefunden, im Laufe der Zeit war er aber immer selbstsicherer und kompetenter geworden. Und seine Vorliebe für detailliert geführte Akten, auch sein Hang zur Pedanterie, hatten sich manches Mal als sehr vorteilhaft bei Ermittlungen erwiesen.

„Also", setzte Schröder an, „zunächst zum Mordopfer. Roland Köhler, 45 Jahre, verheiratet, Vater eines Sohnes. Geschäftsführer eines regionalen Lebensmittelgroßhandels."

Warnecke unterbrach Schröder: „So schnell identifiziert?"

„Das war nicht weiter schwierig. Seine persönlichen Papiere, Führerschein und Kreditkarten, steckten in seiner Brusttasche."

„Also können wir einen Raubmord ausschließen. Es sei denn, der Täter ist gestört worden."

„Das können wir erst recht ausschließen", bemerkte Schröder trocken. „Die Spurensicherung geht davon aus, dass der Fundort nicht der Tatort ist. Keinerlei Kampfspuren auf der Uferböschung, obwohl der Boden dort zumindest in der Nacht oder am frühen Morgen durch den Tau noch aufgeweicht war. Dafür Schleifspuren und mehrere verschiedene Fußabdrücke. Genau gesagt sind es vier verschiedene. Davon wurde ein Paar als das des Hausmeisters identifiziert, der nach Aussage der Mädchen zur Böschung lief, um sich zu überzeugen, dass die Meldung von dem Leichenfund kein Schülerscherz war. Zwei weitere Paare gehörten den beiden Wachtmeistern, die als erste eintrafen. Das vierte Paar dürfte vom Täter stammen. Jedenfalls gehen unsere Spezialisten davon aus, dass die Leiche dort einfach abgelegt worden ist."

Warnecke war skeptisch: „Das ergibt doch keinen Sinn. Wer erdrosselt einen Menschen und schleppt ihn dann ins Zentrum der Stadt mit dem Schal um den Hals?" Warnecke hatte kurz auf den ersten Seiten der Akte die Aussagen der beiden Mädchen gelesen.

„Das Mordwerkzeug war nach Einschätzung der Gerichtsmediziner keinesfalls ein Schal. Eher ein starkes Seil. Die Hautabschürfungen am Hals enthielten Hanfpartikel."

„Dann wurde dem Opfer der Schal nach der Tat umgebunden?"

„Herr Warnecke", mischte sich Bollmann erstmals ein, „äh, Entschuldigung, ich meine natürlich Kurt. Hast du dir das Foto vom Opfer noch nicht angeschaut?"

Das hatte Warnecke tatsächlich noch nicht. Aber verdammt noch mal, musste er sich vor dem Neuen jetzt schon rechtfertigen? Kurz angebunden antwortete er: „Nein, habe ich nicht! Ich wollte erst einmal eine Situationsschilderung von euch hören."

Schröder griff in seinen Aktenordner und gab Warnecke wortlos ein Foto. Warnecke betrachtete es, sein Ausdruck wurde ungläubig, dann starrte er fassungslos seine Kollegen an.

„Was ist das da um seinen Hals? Das ist doch kein Schal, wie die Mädchen geglaubt haben."

„Die Unterhose des Opfers, genauer gesagt seine Boxershorts", antwortete Schröder.

„Seine was?"

„Seine Boxershorts. Die Gerichtsmediziner haben am Eingriff der Hose Schamhaare gefunden, die sie eindeutig Köhler zuordnen konnten."

Warnecke war angestrengt bemüht, seine Fassung wiederzufinden. Er schaute erneut auf das Bild, studierte das zu einer Fratze verzerrte Gesicht des Mannes. Typischer Ausdruck eines Todeskampfes beim Erdrosseln, dachte er routiniert. Dann fiel sein Blick auf die untere Hälfte des Fotos. Die Beine des Opfers waren angewinkelt und gespreizt. Zwischen den Beinen, etwa in Kniehöhe, stand eine Dose.

Warnecke fragte Schröder: „Was ist das für eine Dose? Bier?"

Schröder reichte ihm einen vergrößerten Ausschnitt, und Warnecke verlor wieder die Fassung.

Das Bild zeigte eine Dose mit blauem Hintergrund, an der Vorderseite prangte ein schwarzes Etikett, darauf in weißer Schrift abgesetzt die Produktinformation „Heinz – Gebackene Bohnen in Tomatensauce".

„Das kann doch alles nicht wahr sein", entfuhr es Warnecke.

„Doch, so sah der Fundort aus, so und nicht anders", antwortete Schröder.

„Moment mal, Moment mal", Warnecke dachte einige Sekunden nach. Dann sprach er weiter: „Ihr wollt mir also erzählen, der Mann wurde erdrosselt, dann wurden ihm Hose und Unterhose ausgezogen, die Hose wieder angezogen, die Unterhose um seinen Hals geschlagen, man brachte ihn zum Haseufer und platzierte eine Dose gebackene Bohnen zwischen seinen Beinen. Wollt ihr mir das wirklich erzählen? Ihr seid ja bescheuert."

Schröder blieb unbeeindruckt: „Das sind die Fakten, Kurt. Übrigens meinen die Kollegen von der Spurensicherung, dass man Köhler gezwungen hat, die Hose und Boxershorts aus- beziehungsweise wieder anzuziehen, bevor man ihn erdrosselt hat. Hätten der oder die Täter es selbst nach der Ermordung gemacht, wäre das mit erheblichen Anstrengungen verbunden gewesen, und das hätte Spuren an der Leiche hinterlassen." Warnecke musste die Beschreibung des Tathergangs wohl akzeptieren, so verrückt das alles auch schien. Er atmete schwer aus: „Wir müssen also davon ausgehen, dass hier ein Irrer rumläuft, der einen harmlosen Bürger umbringt und ihn dann für irgendein surreales Ritual benutzt. Das hat uns gerade noch gefehlt."

Einige Augenblicke herrschte Schweigen. Dann fragte der Hauptkommissar: „Oder hat jemand einen anderen Ermittlungsansatz?"

Bollmann meldete sich wieder zu Wort: „Na ja, und wenn alles nur ein Manöver ist, um von den wahren Gründen abzulenken, eine Inszenierung?"

Warnecke dachte nach, dann nickte er: „Richtig. Den Ansatz dürfen wir nicht außer Acht lassen. Dazu müssen wir uns intensiv mit dem Opfer beschäftigen. Lebenslauf, Familie, vergangenes und aktuelles Umfeld, Beruf, Vorlieben, Neigungen." Er sprach Schröder an: „Ist dieser Köhler schon mal in unseren Akten aufgetaucht?"

„Ist er, wegen diverser Verkehrsdelikte, hauptsächlich Geschwindigkeitsübertretungen. Einmal wurde ihm als Wiederholungstäter für einige Monate der Führerschein abgenommen. Aber er ist eben Geschäftsführer eines Lebensmittelgroßhandels und wahrscheinlich viel unterwegs, die stehen oft unter Zeitdruck. Bei denen sind Geschwindigkeitsübertretungen doch fast schon eine Berufskrankheit."

Jetzt mischte sich Kerkhoff das erste Mal in die Diskussion ein: „Und das ist ein weiterer Ansatz."

„Was meinst du, Peter?", fragte Warnecke.

„Geschäftsführer, in der Nahrungsmittelbranche. Und was finden wir zwischen seinen Beinen, eine Dose mit gebackenen Bohnen. Von einer großen amerikanischen Marke, deren Mutterkonzern multinational operiert."

„Na, ist das nicht ein bisschen an den Haaren herbeigezogen?", zweifelte Schröder.

„Warum?", wehrte sich Kerkhoff, „denk doch mal an die ganze sehr emotional geführte Debatte um genmanipulierte Lebensmittel, den massiven Einsatz von chemischen Mitteln, um Umweltgifte oder Hormone in der Nahrung. Es gibt genug Hitzköpfe, die den fruchtlosen Diskussionen Taten folgen lassen wollen, und amerikanische Konzerne stehen da immer zuerst am Pranger."

Jetzt meldete sich Bollmann: „Und das nicht ganz zu Unrecht. Ich komm ja nun aus dem Emsland, und da gibt es diese Turbomastbetriebe, ein Produktionsverfahren, das die Amerikaner als Erste angewandt haben und das selbstverständlich während der Zeit des Wirtschaftswunders kritiklos von der Bundesrepublik übernommen wurde. Die Gegner dieser Anlagen stehen natürlich der Mästerlobby ziemlich hilflos gegenüber, und daraus ist dann schon eine gewisse Militanz entstanden. Allerdings beschränkte die sich bisher darauf, dass der Betriebsleiter einer Anlage abends verprügelt worden ist, Tiere befreit wurden oder einem Amtstierarzt Buttersäure ins Auto geschüttet wurde. Also letztlich glaube ich nicht, dass man Leute aus den Reihen der selbsternannten Lebensmittelschützer mit solch einem Mord in Verbindung bringen kann. Übrigens, was den Verbraucherschutz in diesen Angelegenheiten angeht, da hat der Staat bisher weitestgehend versagt."

Bollmann war mit seinen Ausführungen fertig. Er hatte in seiner Art langsam, bedächtig und überlegt geredet. Alle hatten ihm aufmerksam zugehört. Schließlich sagte Warnecke: „Trotzdem, Kerkhoffs Argumente sind nicht ganz von der Hand zu weisen.

Wir haben also die Wahl zwischen einem völlig durchgeknallten Irren, einem Beziehungstäter aus dem privaten oder beruflichen Umfeld, der uns auf eine falsche Spur locken will, und abgedrehten Militanten aus der Ökoszene."

Der Hauptkommissar straffte seine Schultern: „Ich werde jetzt erst einmal zu Dr. Laurenz gehen und darauf drängen, dass die freie Planstelle bei uns endlich neu besetzt wird. Wir brauchen Verstärkung."

Er erwähnte nicht, dass er sich wenig Hoffnung auf ein Einlenken seines Vorgesetzten machte. „Während der Mittagspause überlege ich mir, wie wir die Ermittlungen gewichten. Wir treffen uns dann hier um zwei Uhr wieder, um die Arbeit einzuteilen."

Die erste Besprechung war beendet.

*

Missmutig setzte sich Warnecke nach der Mittagspause wieder an seinen Schreibtisch. Natürlich war Dr. Laurenz unerbittlich gewesen. Es würde also keine Verstärkung für ihr Team geben. Seinen mittlerweile ebenfalls anwesenden Kollegen teilte er dies kurz angebunden mit, ohne auf Einzelheiten des Gespräches mit Laurenz einzugehen. Zumindest Kerkhoff und Schröder konnten sich vorstellen, wie es abgelaufen war.

„Nun zur konkreten Arbeit", fuhr er fort. „Ich habe beschlossen, bei der Ermittlungsarbeit zunächst zwei möglichen Beweggründen für den Mord den Vorrang zu geben. Erstens, dem Psychopathen. Zweitens, dem Beziehungsmord. Peter, das mit den militanten Ökos scheint mir doch ein bisschen weit hergeholt." Er sah Kerkhoffs Enttäuschung und fügte hinzu: „Aber wenn du neben deiner alltäglichen Arbeit Zeit findest, in deinem geliebten Internet Fakten über die militante Szene zu sammeln, habe ich nichts dagegen." Kerkhoff entspannte sich.

„Folgende Einteilung gilt", gab Warnecke bekannt, „Peter, du sammelst Informationen, ob es schon mal ähnliche Vorgehensweisen wie bei diesem Mord gegeben hat. Benutze deinen Computer und das interne Informationssystem, aber setze dich auch mit den Kollegen vom Landeskriminalamt in Verbindung." Er sah Schröder an: „Holger, du nimmst Kontakt mit dem ärztlichen Direktor des Landeskrankenhauses auf. Wir brauchen den Kontakt zu seiner Abteilung für forensische Psychiatrie. Ich will wissen, inwieweit ein derartiger Täter bei seiner Tat zurechnungsfähig und verantwortlich ist und inwieweit nicht. Erkundige dich auch, ob sie schon mal einen ähnlichen Fall zur Behandlung hatten."

Er sah Schröders Enttäuschung, bisher hatte der als Warneckes Assistent immer im Team mit ihm gearbeitet. Warnecke ging aber nicht weiter darauf ein.

„Johannes, wir gehen der anderen Überlegung nach und werden als erstes Köhlers Familie aufsuchen, später dann seine Vorgesetzten und Arbeitskollegen. So, und nun an die Arbeit." Er stand auf und wollte den Konferenzraum verlassen, drehte sich aber in der Tür zu seinem Büro noch einmal um.

„Holger, hast du einen Augenblick Zeit, kommst du grad mal mit rein?" Als die Tür geschlossen war, erklärte er Schröder: „Tut mir leid, dass ich unser Team sprengen musste. Aber ich kann Bollmann doch nicht gleich in einer so heiklen Sache alleine losziehen lassen. Siehst du das ein?"

Schröder lächelte verschmitzt: „Wenn du den so unter deine Fittiche nimmst wie mich in der ersten Zeit, hat er sowieso wenig Freude. Ist schon in Ordnung, Kurt."

*

Der Mörder war einerseits zufrieden und andererseits leicht verärgert. Er hatte die Tat, die ihn schon wegen seines eigenen Einfallsreichtums bei der Planung stolz gemacht hatte, ohne Probleme begehen können. Befriedigt hatte er während der letzten Stunden penibel die Details in eine blaue, gebundene Kladde eingetragen. Was ihn verärgerte, war die dürftige Berichterstattung in der Presse, aber er hatte so etwas erwartet und vorgesorgt. Es bedeutete nur zusätzliche Arbeit für ihn. Er betrachtete die beiden Polaroidfotos vor sich. Dann legte er eines in die Kladde, bevor er sie zuklappte und in einen wattierten Umschlag steckte. Das andere Foto heftete er an sein Pinboard. Erst danach wählte er mit Bedacht aus seiner großen Videosammlung einen Film aus, startete die Anlage und machte es sich auf seiner Couch bequem.

Am nächsten Morgen war er einer der ersten Kunden in der Deutschen Bank an der Wittekindstraße und bat darum, ihn zu seinem Schließfach zu führen. Sobald er allein war, deponierte er den dicken Briefumschlag. Anschließend beeilte er sich, schräg gegenüber die Spielwarenabteilung der Galeria Kaufhof aufzusuchen. Nur wenig später konnte er die Angestellte eines Schreibwarengeschäftes einige Straßen weiter dazu überreden, ihm bis zum anderen Morgen einen Stempel anfertigen zu lassen. Dann sah er zu, dass er möglichst schnell aus der City rauskam. Sie füllte sich langsam – und er hasste Menschenmassen.

2

„Helen, das kannst du nicht machen, das kannst du absolut nicht verlangen! Ich sage nein! Dreimal nein!“

Helen schaute Lübbing mit „diesem“ Blick an. Lübbing dachte: „Absolut unfair.“ Aber er merkte mal wieder die Wirkung.

Helen sagte schlicht: „Lübbing, bitte.“ Schon wieder dieser Blick. Lübbing wollte standhaft bleiben. Vorsichtshalber schaute er erst einmal aus dem Fenster.

Hoffentlich mischte sich jetzt nicht auch noch Undine ein. Sie war seit zwei Monaten Helens Freundin und Lübbing konnte sie nicht leiden. Nicht nur, dass Helen seither kaum noch ein paar Minuten für ihn übrig hatte, sie hing für eine Frau ihrer Intelligenz geradezu kindisch an Undine, blickte sie ständig wie eine verliebte Schulgöre an.

Helen fehlte ihm, das war klar. Aber er gönnte ihr eine erfüllte Beziehung. Oft genug hatte sie ihm erklärt, wie schwer es für Lesben und Schwule sei, eine ganz normale Liebesgeschichte ohne Probleme zu erleben. Undine war jedoch eine wirklich schwere Prüfung für Lübbing. Sie verwechselte Selbstsicherheit mit Überheblichkeit, reduzierte jede auch noch so leise Kritik an ihr auf die einfache Formel, die ganze Welt sei gegen sie, weil sie lesbisch sei. Und wenn sie trotz ihrer durchaus vorhandenen rhetorischen Fähigkeiten verbal einmal ins Hintertreffen geriet, konnte sie ihren Gegenpart auch ziemlich ordinär niederschreien. Lübbing konnte sich in den letzten Monaten nicht an eine einzige sachliche und fruchtbare Diskussion mit ihr erinnern. Aber Helen war nun mal bis über beide Ohren in sie verliebt, und Lübbing musste sich eingestehen, dass er selbst in seinen Beziehungen oft genug auch nicht kritisch genug gewesen war. „Liebe macht eben doch in einem gewissen Grad blind“, dachte er.

Helen setzte noch einmal an: „Lübbing, es ist doch nur für drei Wochen, lächerlich kurze drei Wochen.“

Helen und Undine wollten in den Urlaub fahren und mussten jemanden finden, der während dieser Zeit Paula versorgte, und sie hatten Lübbing dazu auserkoren. Paula war Undines Hund, obwohl auf den ersten Blick nicht leicht als solcher zu erkennen. Im Moment lag das Viech auf dem Teppich, genau in der Mitte zwischen dem Sofa, auf dem die beiden Frauen saßen, und dem Sessel gegenüber, in dem Lübbing zu versinken hoffte. Er hatte das Gefühl, das Tier würde ihn äußerst misstrauisch und auch gehässig betrachten.

Paula war übrigens ein Rüde, trotz des Namens. Aber Lübbing hatte nie gewagt, Undine zu fragen, warum sie ihn so genannt hatte. Paula sah wirklich nicht wie ein stolzer Vertreter der Spezies Hund aus. Von Helen wusste Lübbing, dass Paulas Mutter eine prämierte Bassethündin mit ellenlangem Stammbaum war, die eines Tages dem Werben eines Spitzes vom benachbarten Bauernhof nachgegeben hatte. Nach den paar Minuten der Lust hatte der Rüde wohl geahnt, was er angerichtet hatte, und war tagelang nicht aufzufinden gewesen. Böse Zungen behaupteten, er sei jaulend vom Grundstück gelaufen, als er später zum ersten Mal das Ergebnis seiner sexuellen Bemühungen gesehen habe. Kurz gesagt, Paula sah eher aus wie eine Speckrolle mit vier kurzen Stummelbeinen. Am Hinterteil prangte allerdings der buschige Schwanz eines Spitzes. Am anderen Ende der Speckrolle saß auf einem dicken Hals der Kopf eines Spitzes, verziert von den übergroßen Schlappohren eines Bassets.

Lübbing schaute noch einmal auf das Tier, von dem ein verächtlicher Blick zurückkam. „Was ist denn mit einer Hundepension, so teuer können die doch nicht sein. Und die kennen sich doch besser damit aus als ich," versuchte er Helen zu überzeugen.

Bevor die antworten konnte, fuhr Undine dazwischen: „Kommt nicht in Frage. Dazu ist Paula viel zu sensibel. Er braucht eine persönliche, häusliche Atmosphäre, und außerdem möchte ich nicht, dass er soviel mit anderen Hunden zusammen ist!"

„Von wegen häuslicher Atmosphäre", dachte Lübbing, „was passiert denn, wenn ich jeden Abend mit ihm in die Kneipe gehe?"

Er schaute Helen noch einmal an. Dann hatte er sich entschieden: „Also gut, ich mache es."

Helen sprang auf und fiel ihm dankbar um den Hals, dann flüsterte sie ihm ins Ohr: „Danke, du weißt ja gar nicht, was mir dieser Urlaub bedeutet."

Lübbing schob sie leicht weg und grummelte: „Ja, ja, schon gut." Den dicken Kuss auf den Mund konnte er trotzdem nicht verhindern.

Von Undine kam hingegen kein Wort des Dankes. Deshalb wandte Lübbing sich auch nur an Helen. „Wann soll ich sie, äh, ich meine ihn abholen?"

„Du kannst ihn gleich mitnehmen. Wir fliegen nämlich schon morgen früh."

Aha, er war also der letzte Notnagel gewesen.

Undine stand auf, ging nach nebenan und kam mit einer Plastiktüte wieder, die sie dem verblüfften Lübbing vor die Füße stellte. „Da sind Paulas wichtigste Sachen drin. Der Fress- und der Wassernapf, Leine, seine Lieblingsdecke, auf der er immer schläft, und, ganz wichtig, seine Vitaminpillen."

Lübbing fragte: „Und was ist mit Hundespielzeug? Ein Ball oder ein Knochen und so etwas."

„Paula spielt nicht so gern. Er ruht lieber."

Undine ging zum Schreibtisch und kam mit einer Klarsichthülle wieder, in der ein Stück Papier steckte. Die hielt sie Lübbing hin. „Das ist eine Liste, was bei Paula zu berücksichtigen ist. Damit du klarkommst."

Lübbing studierte die Liste.

PAULA IST STRIKTER VEGETARIER!

Das war ja klar. Undine war auch Vegetarierin, eine fanatische dazu. Helen wagte es überhaupt nicht, in ihrer Gegenwart etwas Fleischhaltiges auch nur anzugucken. Dafür stürzte sie sich bei ihren mittlerweile selten gewordenen Besuchen in Lübbings Wohnung als erstes auf seinen Kühlschrank. Und um am Samstag auf dem Markt ihre geliebte Bratwurst essen zu können, täuschte sie Undine vor, dass sie dringend auf die Toilette müsse, die zufällig immer am anderen Ende des Marktplatzes lag.

IM AUTO MIT PAULA NICHT ZU SCHNELL FAHREN UND AUF KEINEN FALL MIT IHM IN EINEN BUS STEIGEN.

Da Lübbing sowieso kein Auto hatte, trat dieses Problem gar nicht auf. Der Fettkloß würde also meistens mit ihm laufen müssen. Aber das mit dem Bus war ein Problem!

„Ich fahre aber immer Bus, wenn ich etwas zu Fuß nicht erreichen kann."

„Dann nimm dir in den nächsten drei Wochen ein Taxi. Wir kommen natürlich dafür auf."

Aha, „wir", Helen beteiligte sich also auch noch am Unterhalt für die Töle.

KEINE ZU LANGEN SPAZIERGÄNGE.

Lübbing stellte sich in einem Anfall von Boshaftigkeit vor, den Hund von der Katharinenstraße über den Schinkelberg die acht Kilometer bis nach Belm zu hetzen.

Und zum Schluss: DREIMAL AM TAG GASSI MIT IHM GEHEN.

Undine hielt ihm einen weiteren, diesmal kleineren Zettel hin. „Das Wichtigste", erklärte sie, „der Ernährungsplan." Der Hund hatte sogar einen „Ernährungsplan", unfassbar.

Lübbing las ihn. Morgens Müsli, mittags Tofu, abends ein Vollkornbrötchen oder Energieriegel. Undine fügte hinzu: „Beim Müsli wäre es gut, wenn du ihm an den einzelnen Tagen verschiedene Sorten servierst, sonst wird es ihm langweilig. Ich bitte dich, die gesamte Nahrung nur in einem Bioladen zu kaufen. Zum Trinken nur natriumarmes Mineralwasser verwenden. Die Vitaminpille bekommt er am Abend."

Undine dachte einen Augenblick nach: „So, das wäre eigentlich alles. Ich bestelle dir jetzt ein Taxi, bis zu dir nach Hause ist es zu weit für Paula." Es waren mal gerade etwa zwei Kilometer von Helens Wohnung an der Sutthauser Straße bis zu Lübbings Katharinenstraße.

Bis das Taxi kam, widmete sich Undine ganz dem Abschied von Paula: Sie knuddelte ihn ohne Pause. Widerlich.

Lübbing sah Helen an: „Wiedersehen und einen schönen Urlaub."

„Ich freue mich schon auf die Rückkehr." In Helens Blick lag viel Dankbarkeit, die ihn schon fast mit seinem grausamen Schicksal versöhnte.

Lübbing ergriff die Tasche und sagte zu Paula: „Na also, dann komm mal mit."

Der Hund bewegte sich keinen Deut.

„Komm!" Keine Reaktion. Undine mischte sich ein: „Na los, Paula, sei brav und geh mit Lübbing mit." Der Hund blieb weiter reglos, schloss lediglich die Augen.

Undine meinte: „Du musst ihn wohl tragen. Er verlässt nur ungern die Wohnung."

Lübbing hob vielsagend den Arm mit der vollbepackten Tüte.

„Also gut, ich trage ihn hinaus." Undine verfrachtete Paula auf den Rücksitz des Taxis. Er guckte äußerst irritiert und verständnislos.

Am Abend dieses Tages lagen Lübbings Nerven blank. Allerdings musste er sich eingestehen, dass er für das erste Desaster mit Paula selber die Verantwortung trug. Im Taxi war ihm ein hämischer Gedanke gekommen, den er aussprach, ohne lange nachzudenken: „Fahren Sie bitte etwas schneller, ich habe es eilig."

Der Taxifahrer tat, worum er gebeten worden war. Lübbing war gespannt auf Paulas Reaktion, er hatte noch Undines Hinweis „nicht zu schnell fahren" im Kopf. Dreißig Sekunden geschah nichts. Dann war von hinten ein starkes Würgen zu hören und im Taxi verbreitete sich ein infernalischer Gestank. Paula hatte in den Wagen gekotzt, zum Glück nur auf den Boden.

Der Taxifahrer tobte, nahm Lübbing schließlich 75 Euro für die Reinigung ab und schmiss ihn mit dem Hund an der Parkstraße aus dem Auto.

In seiner Wohnung angekommen, packte Lübbing Paulas Sachen aus. Für seine Decke interessierte sich Paula allerdings nicht, er machte es sich auf Lübbings gerade gereinigtem Flokati-Teppich bequem. Jedes Mal, wenn Lübbing ihn rübertrug, schleppte er sich beharrlich nach einer Minute wieder zum Teppich. Schließlich gab Lübbing entnervt auf, Paula blieb zufrieden auf dem Flokati liegen, er war eindeutiger Punktsieger.

Lübbing setzte sich an den Schreibtisch und sah seine Post durch. Das meiste waren, wie immer, Postwurfsendungen in denen absolut überflüssige und sehr obskure Produkte angeboten wurden. Erfreulich war lediglich ein Honorarscheck aus Hamburg. Zum Schluss blieb ein brauner DIN A 5-Umschlag ohne Absender übrig. Lübbing öffnete ihn ohne großes Interesse und zog den Inhalt hervor. Dann erstarrte er.

Das Foto vor ihm zeigte die verzerrte Fratze eines Toten, um den Hals ein Stück Stoff und zwischen seinen Beinen eine Dose.

Er stürzte zur Veranda, um frische Luft zu schnappen. Nach einigen Minuten hatte er sich gefangen und beschloss, sachlich an das Ganze heranzugehen. Er holte eine Flasche Jever aus dem Kühlschrank, setzte sich wieder an den Schreibtisch und versuchte, das Foto so professionell wie möglich zu betrachten.

Das Stück Stoff konnte er nicht richtig einordnen, auf der Dose stand etwas von „Gebackenen Bohnen". Lübbing wusste, was vor ihm lag, er hatte die Pressemeldung von dem Mord am Haseufer auch gelesen. Und die Interviews mit den beiden Schülerinnen, die von einem Schal um den Hals des Toten gesprochen hatten. Dies war eine Tatortaufnahme. Aber warum hatte er sie erhalten und wer hatte sie ihm geschickt? Er dachte an Warneckes Kommission. Aber keiner der Beamten, die er kannte, hatte einen derartig makaberen Humor. Außerdem würde es mit Sicherheit ein Disziplinarverfahren geben, wenn ein solcher Scherz publik würde.

Also wer? Einen Pressekollegen hätte man niemals so nahe an den Tatort herangelassen. Vielleicht jemand, der die Leiche schon vor den Mädchen entdeckt hatte? Aber wer lief schon nachts mit einer Kamera an der Hase entlang. Er versuchte, das Foto noch einmal ganz sachlich zu betrachten. Es war eindeutig eine Polaroidaufnahme. Solch eine Kamera nahm man früher für schnelle Schnappschüsse im Urlaub oder auf irgendwelchen Familienfeiern, aber für solche Aufnahmen? Der Fotograf hatte vielleicht vorher gewusst, dass er keine Möglichkeit haben würde, den Film irgendwo entwickeln zu lassen. Daher die sich sofort selbstentwickelnden Polaroids?

Lübbing atmete tief durch, als ihn die Erkenntnis regelrecht überfiel: Die Aufnahme konnte nur vom Täter selbst stammen. Er blickte auf die Uhr. Zu spät. Aber morgen früh würde er Warnecke anrufen müssen.

Er drehte das Foto um. Im oberen Teil der Rückseite war ein Stempel zu sehen: „Zur Veröffentlichung freigegeben“. Weiter unten eine Reihe von einzelnen Buchstaben, die nicht sehr sorgfältig hintereinander gestempelt worden waren. Entgeistert las er: „PEPITO SBAZZEGUTI – 8. Mai 1903“

3

Die Mordkommission traf sich am Freitagmorgen zu einer ersten Bestandsaufnahme ihrer bisherigen Ermittlungen. Zwei Tage lang hatte sich jedes Mitglied den Aufgaben gewidmet, so wie Warnecke sie eingeteilt hatte.

Der Hauptkommissar schaute seine Kollegen der Reihe nach an. Sein Blick blieb bei Kerkhoff hängen: „Peter, du fängst an."

Kerkhoff zuckte leicht resignierend mit den Schultern: „Es ist wie immer, wenn man im Internet surft. Ein Wust ungefilterter Informationen. Ich habe dann gegen Ende des ersten Tages beschlossen, Deutschland und alle Staaten, die in der Europol zusammenarbeiten, rauszunehmen und das den Kollegen vom Landeskriminalamt zu überlassen. Die haben nun sämtliche unserer Spuren und bisherigen Vermutungen vorliegen und sind da dran. Hoffe, das bringt was." Kerkhoff machte eine kleine Pause und fuhr dann fort: „Den gestrigen Tag habe ich damit zugebracht, weltweit nach einem vergleichbaren Fall zu suchen. Nicht nur auf seriösen Seiten, sondern auch auf denen von Spinnern und Perversen, die sich an so etwas aufgeilen. Seiten mit so schönen Titeln wie *Death Experience* oder *The nausea*. Also, ihr glaubt gar nicht, was für perverse Morde es gibt. Aber einen Fall mit klaren Parallelen zu unserem habe ich bisher noch nicht entdeckt. Abgesehen davon, dass mal eine Supermarktkassiererin in Alabama von einem erbosten Kunden mit einer Baked-Beans-Dose erschlagen worden ist. Ich mache mit der Suche weiter. Und was das LKA betrifft, da heißt es abwarten."

Warnecke nickte zur Bestätigung und wandte sich an Schröder: „Dein Part."

Schröder schaute leicht bedröppelt aus: „Na ja, Kurt, mein Besuch im Landeskrankenhaus war auch nicht besonders ergiebig. Ich musste mir von dem ärztlichen Direktor erst einmal anhören, dass wir wohl von der forensischen Psychiatrie herzlich wenig verstünden. Er sagte mir schlichtweg, dass es nicht seine Aufgabe sei, aufgrund eines Tathergangs ein Täterprofil zu erstellen. Sein Job sei die Therapie von Straftätern mit seelischen Deformationen, die von Gutachtern für nicht voll schuldfähig oder schuldunfähig erklärt worden seien, und die nach einem dementsprechenden Urteil des zuständigen Richters zur Therapie zu ihm überstellt würden. Aber an einen Fall mit ähnlichem Tatbild, wie wir es haben, konnte er sich auch nicht erinnern. Trotzdem hat er mir eine Liste mit allen Kliniken in Deutschland gegeben, die eine Abteilung für forensische Psychiatrie haben. Ich weiß allerdings nicht, wie wir das in unserer Besetzung abarbeiten können." Schröder schob Warnecke einen Aktendeckel hinüber: „Steht aber auch alles genau hier drin."

Das Telefon klingelte. Warnecke nahm ab, hörte kurz zu, runzelte die Stirn und sprach in den Hörer: „Nein, jetzt nicht. Meinetwegen kann er in zwanzig Minuten wieder anrufen." Er legte auf. „Das war Lübbing. Passiert ein Mord, sind die Pressegeier sofort da."

Schröder und Kerkhoff blickten überrascht auf, sie kannten Lübbing. Schröder meinte sogar tadelnd: „Das ist unfair, Kurt. Lübbing hat uns zweimal sehr geholfen. Einmal sogar sein Leben riskiert."

„Okay, okay, da magst du Recht haben. Aber beim ersten Fall hatte er den Heimvorteil in Belm und, zugegebenermaßen, auch eine pfiffige Idee, und beim zweiten Fall war er durch seine enge Bekanntschaft mit den Opfern involviert. Der Fall hier liegt anders. Er will wohl nur Material für eine Story haben. Na ja, ist ja schließlich sein Job." Sein wirklich gutes Verhältnis zu Lübbing, das man schon fast als Freundschaft bezeichnen konnte, wurde immer wieder durch sein tiefes Misstrauen gegenüber Pressevertretern getrübt.

Er wollte schnell wieder zum Thema zurückkehren, aber Kerkhoff insistierte: „Das würde Lübbing nie machen."

Warnecke fühlte sich unbehaglich. Es war ungewöhnlich, dass Schröder und Kerkhoff ihm so offen widersprachen. Er sagte kurz angebunden: „Machen wir weiter, jetzt Bollmann und ich. Johannes, du bist dran."

Bollmann schreckte hoch, damit hatte er nicht gerechnet, dass der Chef ihm die Berichterstattung überließ. Er räusperte sich und begann: „Der Besuch bei der Familie Köhler war sehr unangenehm. Alle standen noch unter Schock. Die Frau natürlich, ihre Eltern und Schwiegereltern, die auch anwesend waren und der Sohn, der in Hamburg studiert und gerade erst eingetroffen war. Der Hausarzt der Frau war ebenfalls zugegen. Er gibt ihr seit Tagen Psychopharmaka, um einen völligen Zusammenbruch zu verhindern. Sie war praktisch ruhiggestellt, begriff unsere Fragen zum Teil überhaupt nicht. Der Einzige, der halbwegs vernünftige Aussagen machte, war ihr Vater. Er schwor Stein und Bein, dass sie seit 23 Jahren eine glückliche, harmonische Ehe führten. Ein Jahr nach der Heirat wurde der Sohn geboren, sie bauten sich ein Haus, sorgten für eine sehr gute Schulbildung ihres Sohnes, ermöglichten ihm das Studium in England. Beide Eheleute liebten die See, leisteten sich ein Ferienhaus in Bensersiel, in dem sie viel Zeit verbrachten. Auf unsere Frage nach eventuellen Fehltritten von einem der beiden reagierte er sehr empört, und äußerst peinlich war ihm auch die Frage nach dem Führerscheinentzug seines Schwiegersohnes. Alles in allem aber ein ganz normales, gutsituiertes, bürgerliches Leben. Wir werden die Frau natürlich intensiver befragen, sobald es ihr Zustand zulässt."

Warnecke nickte und übernahm: „Ein ähnliches Bild zeichnete sein Prokurist. Köhler war sogar sehr beliebt bei seinen Mitarbeitern. Hat sich beharrlich um sie gekümmert, wie der Mann betonte, nahm junge, neue Kollegen besonders unter seine Fittiche. Gab ihnen Tipps, richtete sie bei Misserfolgen wieder auf." Er machte eine kurze Pause und sagte abschließend: „Das war's auch schon."

Bollmann war allerdings noch nicht fertig: „Da ist meiner Meinung nach noch ein interessanter Aspekt, das Prinzip der Bezahlung der Vertreter. Sie bekommen ein Grundgehalt und den branchenüblichen Provisionssatz vom Arbeitgeber. Darüber hinaus stellen die Produktionsfirmen aber oft einen weiteren Bonussatz zur Verfügung, wenn der Großhandel ihre Produkte forciert. Dieser Bonus wird bei Köhler zum allergrößten Teil nicht an die Vertreter weitergegeben, sondern bleibt auf dem Firmenkonto, was der Gewinnspanne natürlich guttut. Vor allem der Heinz-Konzern praktiziert gerne diese Methode, und Köhler arbeitete besonders eng mit diesem Konzern zusammen."

Er blickte Warnecke kurz entschuldigend an und erklärte: „Ich habe nach unserem Besuch noch mal mit der Buchhaltung des Großhandels telefoniert."

Warnecke staunte, Bollmann entwickelte eine gute Eigeninitiative. Nach außen hin erklärte er allerdings barsch: „Sind wir jetzt wieder bei den militanten Ökos, die sich gegen aggressive Verkaufsstrategien richten, oder was? Ich erinnere nur mal, das bleibt wie bisher unsere These Nummer drei. Die anderen beiden Möglichkeiten haben nach wie vor Priorität."

Das Telefon klingelte. Warnecke nahm ab. „Na meinetwegen, dann stellen Sie schon durch." Er blieb aber kurz angebunden: „Lübbing, ich höre." Dann beantwortete er mürrisch eine Frage: „Bin gerade aus einem kurzen Urlaub zurück und hier ist die Kacke schon wieder am Dampfen", sagte er ziemlich drastisch.

Nach einer kurzen Weile wurde seine Stimme lauter: „Lübbing, vergiss es! Von mir erfährst du nichts. Wenn du etwas wissen willst, wende dich an die Pressestelle!"

Plötzlich richtete der Beamte sich ruckartig in seinem Sessel auf, die drei Augenpaare seiner Kollegen beobachteten ihn gespannt. „Was willst du damit sagen?"

Er hörte den weiteren Ausführungen Lübbings zu.

Warnecke begann die Fassung zu verlieren: „Woher weißt du das alles?"

Dann: „Komm sofort rüber zur Inspektion, sofort!"

Warnecke bemerkte seine Leute, die ihn entgeistert ansahen, und informierte sie: „Lübbing kommt gleich vorbei, und es sieht so aus, als hätte er eine Bombe dabei."

Sie verstanden nichts und er hatte keine Lust, ihnen etwas zu erklären.

*

Lübbing war pünktlich auf die Minute in der Polizeiinspektion. Er klopfte und betrat das Konferenzzimmer. Alle schauten ihn erstaunt an. Er hatte Paula auf dem rechten Arm. Er hatte es nicht gewagt, das Tier allein in der Wohnung zu lassen. Mitten im Neumarkttunnel beschloss Paula, nicht mehr weiterzulaufen und legte sich platt auf den Boden. Alles Zureden half nichts, der Hund schloss nur wieder die Augen. Schließlich wurde es Lübbing zu blöd, er zog Paula einfach hinter sich her. „Wenn ihm der Arsch vom Rutschen weh tut, wird er sicher wieder laufen. Wäre doch gelacht!", dachte er. Ein empörter Ruf hinter ihm ließ ihn zusammenfahren: „Tierquäler!" Lübbing drehte sich um, konnte aber nicht erkennen, wer der Rufer war. Aber sämtliche Passanten im Tunnel schauten zu ihm rüber. Er lief rot an, bückte sich und nahm Paula auf den Arm. Der Hund ließ ein zufriedenes Grunzen hören.

So stand er nun vor Warnecke und seinen Kollegen. Kerkhoff warf einen Blick auf den Hund und fragte dann spöttisch: „Ist das die Bombe, von der du gesprochen hast, Kurt?"

Warnecke machte eine unwillige Bewegung mit der Hand.

Lübbing setzte Paula ab und der Hund legte sich sofort wieder flach auf den Boden. „Hier ist die Bombe, wenn du das damit gemeint hast." Lübbing zog eine Klarsichthülle aus seiner Jeansjacke.

Warnecke betrachtete das Foto, dann nickte er unwillig. Er hielt die Hülle hoch. „Das hat Lübbing per Post bekommen."

Die Beamten traten näher und schauten dann ungläubig auf das Foto. Lübbing machte sie auf die Rückseite aufmerksam.

Warnecke drehte die Hülle, so dass alle Beamten lesen konnten: „Zur Veröffentlichung freigegeben" und „Pepito Sbazzeguti – 8. Mai 1903".

„Wer zum Teufel ist Pepito Bazzegut, oder wie immer der sich ausspricht?", entfuhr es Kerkhoff.

Lübbing antwortete: „Ich dachte eigentlich, das könntet ihr mir sagen."

„Herrgott, Lübbing", Warnecke wurde laut, seine Nerven lagen in diesem Fall schon ziemlich blank, „der Brief war doch an dich adressiert! Da muss doch eine Verbindung sein, zu diesem Spaghetti, oder wie der heißt!"

Schröder griff beruhigend ein, bevor die Situation weiter eskalierte: „Kurt, nun mach mal halblang. Lübbing kann doch nichts dafür, dass man ihm das Foto geschickt hat."

Warnecke schüttelte kurz den Kopf, als müsse er sich von einem Albtraum befreien, dann schaute er Lübbing an: „Entschuldigung."

Lübbing deutete mit einem kurzen Nicken an, dass die Sache für ihn vergessen war.

Bollmann führte sie wieder zum Thema zurück, als sei nichts gewesen. Immer noch über die Hülle gebeugt, sagte er mit seiner ruhigen Stimme: „Pepito Sbazzeguti klingt irgendwie italienisch, aber dann dieses Datum, 8. Mai 1903, das sind 103 Jahre. Seltsam."

Lübbing schaute zu Bollmann, den er noch nicht kannte, dann zu Warnecke, der ihm erklärte: „Das ist Johannes Bollmann, neu bei uns."

„Schön dich kennenzulernen." Bollmann erwiderte Lübbings Handschlag, statt einer Antwort lächelte er.

Warnecke hatte sich endlich wieder gefangen und begann nun ganz sachlich noch einmal von vorn: „Lübbing, wann hast du den Briefumschlag geöffnet?"

„Gestern Abend. Er war in der Post vom selben Tag. Ich bin nur nicht eher dazu gekommen, sie durchzusehen."

„Und dann?"

„Als mir klar war, was da vor mir lag, habe ich das Foto sofort in diese Klarsichthülle gepackt. Falls da Fingerabdrücke drauf sind, sind ein paar auch von mir."

Warnecke schaute zu Schröder. Der nickte: „Geht sofort ins Labor, Kurt."

„Was ist mit dem Namen?", wollte Warnecke nun wissen, „schon mal gehört, klingt wirklich italienisch?"

Kerkhoff warf ein: „Oder spanisch."

Lübbing antwortete: „Definitiv noch nie gehört. Ich kenne zwar einige Italiener, oder besser, kannte einige in meiner Jugend, aber dieser Name war nie dabei. Ich finde, der klingt auch gekünstelt, soweit ich das beurteilen kann. Und in meinem ganzen Leben war ich nur einmal in Italien, mit einer Jugendgruppe, als ich sechzehn war, allerdings in St. Ulrich in Südtirol und da heißen die Leute ja wohl eher Luis Trenker oder so ähnlich. Nein, mit diesem Namen kann ich absolut nichts anfangen. Genauso wenig wie mit diesem obskuren Datum, 8. Mai 1903."

Warnecke traf seine Entscheidungen. „Okay, auch wenn wir schon bis über beide Ohren in Arbeit stecken, das mit Lübbings unangenehmer Post verdient oberste Beachtung. Erstens: Peter, Anfrage an das LKA, ich möchte wissen, ob es in Italien oder Spanien einen Menschen mit diesem Namen gibt. Dann das Datum, ist es vielleicht ein Geburts- oder Todesdatum, oder ein Datum mit besonderem Anlass? Schröder, du übernimmst die Zusammenarbeit mit dem Labor, vielleicht sind irgendwelche Spuren auf dem Foto. Bollmann und ich kümmern uns um die Rückseite."

Er sah Bollmanns überraschten Blick: „Ja, ich will wissen, was das für Stempel sind, und woher vielleicht der Polaroidfilm stammt."

Er fügte hinzu: „Ich weiß, das ist alles öde, langwierige Routinearbeit, und wir werden das Wochenende durcharbeiten müssen, tut mir leid."

„Was die Stempel angeht", meldete Lübbing sich noch einmal, „dieser *Zur Veröffentlichung freigegeben* wird in der Form auch bei der hiesigen Tageszeitung benutzt." Dann bückte er sich und nahm Paula auf den Arm, um zu gehen.

Kerkhoff fragte interessiert: „Warum trägst du den denn?"

Lübbing antwortete kurz: „Er läuft nicht so gern."

„Und wie heißt der Hund?"

„Paula."

Kerkhoff kam neugierig näher und hob Paulas linkes Hinterbein: „Also Paula, und weshalb hängen dann da zwei Eier zwischen seinen Hinterbeinen?"

Lübbing schlug Kerkhoffs Hand weg und verließ wutentbrannt den Raum. Er hasste Undine. Die vier Beamten feixten noch minutenlang.

4

Lübbing war froh, wieder zu Hause in der Katharinenstraße zu sein. Paula musste er die ganze Zeit tragen. Jedes Mal wenn er versuchte, den Hund unterwegs auf die eigenen Beine zu stellen, legte der sich wieder flach auf den Boden und schloss die Augen. Lübbing hatte die Schnauze voll.

Warum konnte er nicht ein ganz kleiner, unauffälliger Provinzjournalist sein? Brav seine Artikel an überregionale Magazine oder Zeitungen abliefern und zufrieden das Leben, seine, leider platonische, Beziehung mit Helen und die Osnabrücker Musik- und Kneipenszene genießen. „Helen", dachte er, „du liegst jetzt wahrscheinlich mit diesem Drachen Händchen haltend an irgendeinem dämlichen Strand." Ihm fiel ein, dass er noch nicht mal gefragt hatte, wohin die beiden Verliebten eigentlich geflogen waren.

Er schaute Paula an. Der Hund lag natürlich wieder auf „seinem" Flokati-Teppich, dem frisch gereinigten. „Wage es bloß nicht, auf den Teppich zu scheißen!" Paula furzte.

Lübbing schlug sich vor die Stirn: „Jetzt bitte ich schon einen Hund sich zu benehmen. So geht es nicht weiter!" Trotzdem setzte er Paula noch einmal den Fressnapf vom Morgen hin. Das Tier hatte sein Müsli nicht gegessen, obwohl Lübbing es wirklich im „Kathrinchen", dem Bio-Laden, gekauft hatte. Aber der Hund hatte nach einem kurzen Schnuppern nichts angerührt, nur das selbstverständlich natriumarme Mineralwasser getrunken und laut und vernehmlich gerülpst.

Jetzt stand das Müsli wieder vor Paula. Der Hund schnüffelte kurz, sah Lübbing vorwurfsvoll an und legte sich wieder auf den Flokati. „Ist mir doch egal, ob du frisst. Ich halte mich nur an die Vorschrift deiner Domina", dachte er. Laut sagte er zu Paula: „Also friss das oder friss nichts, etwas anderes gibt es nicht!"

Er ging in die Küche und entschied sich für etwas Deftiges: Er hatte vor, sich mit dem Rest seiner Kiste Jever einen anzudaddeln, dazu gehörte ein herzhaftes Essen. Er erinnerte sich, noch einige

Scheiben Wurstebrot im Gefrierfach zu haben. Voller Fett, absolut ungesund, aber ebenso absolut lecker.

„Na also, geht doch", dachte Lübbing während die Scheiben langsam im Schweineschmalz in der Pfanne auftauten und er die dritte Flasche Jever öffnete. Er wischte sich die leicht fettigen Hände ab, und ging von der Küche zu seiner Musikanlage. Er brauchte jetzt Musik zum Essen, das Wurstebrot war gleich soweit. Kurze Zeit später erklang die Stimme von Hannes Wader durch seine Wohnung.

Am Abend bist du wieder mal
da wo alle Welt sich trifft.
Eine, die du nicht kennst, sitzt neben dir
und du rauchst und trinkst und sprichst.
Und weil du's bei jeder probieren musst,
denkst du, dass du das Richtige tust,
und du fragst, ob sie mit dir kommen will,
und sie sagt nicht ja, sie nickt nur still.

Lübbing hatte sich gerade gesetzt und genoss die ersten Bissen des Wurstebrotes, als Paula sich meldete. Er jaulte. Kein normales Jaulen, als wenn man ihn getreten oder ihm nicht genug Respekt entgegengebracht hätte. Nein, es war geradezu infernalisch, wahrscheinlich würde es sogar sein schwerhöriger Nachbar in der dritten Etage noch mitbekommen. Es war eigentlich ein Wunder, dass Hannes Wader unbeirrt weitersang.

Lübbing sprang auf, schließlich war er für den Hund verantwortlich, auch wenn er ein Ekelpaket war. Er stellte die Anlage aus und wollte sich um das Tier kümmern, Paula war aber schlagartig ruhig und legte sich entspannt wieder auf den Flokati. Lübbings Gesicht nahm einen erstaunten Ausdruck an. Das hatte noch gefehlt, jetzt wollte dieser Hund schon verhindern, dass er Musik hörte. „Na warte", dachte er, „dir gebe ich jetzt richtig was auf die Ohren." Er griff in seine CD-Sammlung, und während er wieder zu seinem wahrscheinlich nur noch lauwarmen Wurstebrot ging, ertönten die ersten Töne von AC/DC's „Highway to hell" aus den Boxen. „So Baby, jetzt kannst du wirklich zur Hölle fahren", dachte er grimmig kauend.

Paulas Reaktion war völlig überraschend. Er versuchte tatsächlich seine Bassetschlappohren zu spitzen, so gut es ging. Dann robbte er sich zur linken Box und legte sich gemütlich vor die Lautsprecher.

Lübbing vergaß vor Überraschung das Kauen. Der Hund zeigte das erste Mal Geschmack. „Oh seliger Bon Scott, ich danke dir!" Das war wirklich noch ein Jever wert.

Der halbherzige Waffenstillstand mit Paula machte Lübbing in dem Maße immer mehr Spaß, wie der Bestand der Kiste Jever gegen Abend abnahm. Lübbing testete den Hund immer wieder und musste anerkennen, Paula verstand etwas von Musik. Bei „Ace of spades" von Motörhead rollte er sich auf den Rücken und verdrehte die Augen vor Wonne. Paula war eindeutig Metal-Fan. Auch wenn Lübbings Musikgeschmack nicht ganz so einseitig ausfiel, das war doch immerhin schon etwas. Kurz vor Mitternacht machte Lübbing die Probe aufs Exempel. Er legte eine CD von „Modern Talking" auf, die ihm irgendein Idiot mal zum Geburtstag geschenkt hatte. Der Hund begann prompt wieder mit dem grausamen Heulen.

Schwer angetrunken meinte Lübbing: „Paula, Paula, das könnte doch noch der Beginn einer guten Beziehung werden. Von Motörhead habe ich fast alles, AC/DC sogar komplett. Und später gehen wir dann zu den alten Helden wie Iggy Pop oder den Ramones über." Er hatte den Eindruck, der Hund lächelte verständnisvoll.

Am nächsten Morgen wachte Lübbing zwar mit Kopfschmerzen, aber durchaus zufrieden auf.

*

Warneckes Kommission kam am Wochenende gut voran. Es hatte zwar einige Nerven und Überredungskünste gekostet, aber Sonntag, am späten Nachmittag, vernahm der Chef die Signale seiner Mitarbeiter, man solle über den Ermittlungsstand reden. Er war einverstanden. Jetzt eine Bestandsaufnahme und sie könnten es vielleicht am Montag etwas ruhiger angehen lassen. Um 16.00

Uhr entschied er: „Also gut. Erzählt, was ihr rausgefunden habt!"

Schröder meldete sich als erster: „Keine Spuren auf dem Foto. Außer Lübbings natürlich. Das Gleiche gilt für die Hülle. Das war auch nicht anders zu erwarten, er hat das Foto schließlich selbst eingepackt. Aber die Kollegen haben sie im Eifer gleich mituntersucht. Ach ja, noch ein paar Hundehaare, aber die kommen wohl von dem männlichen Basset mit dem weiblichen Namen."

Warnecke nickte: „Zur Rückseite des Fotos. „Dieser Stempel *Zur Veröffentlichung freigegeben* wird von der hiesigen Zeitung schon seit fast drei Jahren nicht mehr benutzt, die haben alles auf digital umgestellt. Aber niemand konnte mir sagen, was mit den alten Stempeln passiert ist. Allerdings hat das Labor Bollmann und mir erzählt, dass dieser Stempel neu sein muss. Keinerlei Abnutzung an der gummiartigen Grundfläche. Das heißt, wir müssen feststellen, ob in letzter Zeit in einem Schreibwarengeschäft in Osnabrück ein derartiger Stempel bestellt und gekauft worden ist."

Allgemeines Aufstöhnen bei den anderen drei Beamten.

Warnecke beruhigte: „Nun mal langsam. So viele Fachgeschäfte dieser Art kann es in Osnabrück nicht geben." Er führte weiter aus: „Zu dem komischen Namen und dem Datum auf der Rückseite. Dieser Schriftzug ist aus lauter Einzelstempeln zusammengesetzt. Ein Kinderspielzeug, ein Stempelkasten, wie er privat oder in Kindergärten benutzt wird. Kann man in allen Spielwarenläden oder in größeren Kaufhäusern kaufen. Da besteht wenig Hoffnung, etwas herauszufinden."

Warnecke wandte sich abschließend an Bollmann: „Das mit dem neuen Stempel übernimmst du."

Man merkte förmlich, dass Bollmann mit der Entscheidung nicht glücklich war.

Warnecke sprach ihn noch einmal an: „Johannes, wieviel Einwohner hat Dörpen eigentlich?"

Der schaute erstaunt: „Ich glaube so dreizehn-, vierzehntausend."

„Und habt ihr da ein Schreibwarengeschäft?"

„Ich glaube schon, in der City, soweit man das in meinem Heimatort so nennen kann."

„Dann gibt es in Osnabrück, hochgerechnet, wahrscheinlich zehn oder zwölf solcher Geschäfte. Das wirst du doch wohl hinkriegen."

Bollmann nickte nun beflissen.

„Und verlass dich nicht nur auf das Branchenbuch. Gehe ruhig mal zu den Kollegen und Kolleginnen vom Ladendiebstahl rüber, die wissen oft mehr als wir in solchen Fällen." Dann wandte er sich an Kerkhoff: „Bleiben noch deine Informationen, Peter."

„Ja, ich bin da einigen Leuten wirklich am Wochenende auf den Geist gegangen. Aber es hat funktioniert. Allerdings nicht in unserem Sinne. Die Kollegen vom LKA haben mitgeteilt, dass es in ihren *italienischen* Unterlagen nur einen Pepito Sbazzeguti gibt. Ein einfacher Schuhmacher, den sie wegen einiger kleinerer Delikte in den Akten haben. Der Mann ist 1961 friedlich im Kreise seiner Familie in La Spezia gestorben. Allerdings ist er auch nicht an diesem Datum, 8. Mai 1903 geboren, vorausgesetzt es ist ein Geburtsdatum, sondern bereits 1890. Und von den jetzt noch lebenden Mitgliedern der Familie, alle gutbürgerlich, gibt es niemanden, der mit dem Datum etwas anfangen kann. So, noch einmal zum Datum. 8. Mai 1903. Das ist schwierig. Seit 1945, ist ja klar, ist dieser Tag im Mai natürlich ein ganz besonderer Tag, zumindest für die Länder, die unter dem deutschen Hitlerwahn gelitten hatten. Aber für den 8. Mai im Jahr 1903 habe ich kein besonderes Ereignis gefunden, nirgendwo."

„Einschränkung bei allen diesen Fakten ist, dass in den vierziger Jahren kurz vor der Kapitulation der italienischen Regierung ein riesiges Chaos geherrscht hat. Mussolinis Männer, die SS und die deutsche Wehrmacht haben so ziemlich alles zerstört, was an ihre Taten erinnern konnte. Dabei wurden ganze Archive in Hunderten von Verwaltungsgebäuden ausgeräumt und verbrannt. In der Eile wurde nicht mehr sortiert, da wurde einfach alles vernichtet, was zum Teil seit Jahrhunderten gesammelt worden war."

„Keine Ergebnisse auch bei den Spaniern. Allerdings haben die, laut den Kollegen vom LKA, erst einmal herzlich gelacht, als sie den Namen hörten. So könne kein Spanier heißen, war ihr Tenor. Trotzdem haben sie unser Ersuchen erfüllt. Aber es gibt dort das gleiche Problem wie bei den Italienern. Während des Bürgerkrieges sind dort ebenfalls sehr viele Unterlagen verlorengegangen. Und später hat das Franco-Regime die öffentliche Verwaltung völlig umgekrempelt, da wurde ebenfalls viel vernichtet. Also, die Spuren nach Italien und Spanien sind kalt, falls sich nicht noch eine überraschende Wendung ergibt", Kerkhoff zuckte entschuldigend mit den Schultern.

„Verdammt, irgendwas müssen Name und Datum doch bedeuten! Pepito Sbazzeguti, darauf kann doch keiner von alleine kommen. Oder er ist wirklich total durchgeknallt!" Warnecke schüttelte verzweifelnd den Kopf.

Nach einigen Sekunden traf er eine Entscheidung: „Die beste Spur scheint mir derzeit der Stempel zu sein. Geht jetzt nach Hause und ruht euch aus. Morgen früh werden wir mit vereinten Kräften die Fachgeschäfte durcharbeiten." Abschließend bemerkte er: „Falls dieser Stempel überhaupt in Osnabrück gekauft wurde."

Die anderen Beamten nickten, und Bollmann war froh, diese Aufgabe nun nicht allein erledigen zu müssen.

Wie sehr Warneckes Planung durcheinander geraten sollte, ahnte keiner von ihnen.

*

Das nächste Mordopfer wurde am frühen Montagmorgen gefunden. Sven Uhlemann war schon früh wach. Wie immer trabte er von seiner Wohnung im Widukindland den Power Weg hoch, lief an der Mineralwasserfabrik vorbei, überquerte die Kreuzung an der Haster Straße und bog in einen kleinen Waldweg ein, der mit einer Schranke abgesperrt war. Er wusste, es war ein Jagdrevier, allerdings hatte er mit dem Pächter vor einiger Zeit gesprochen, weil das Gelände ideal zum Joggen war.

Der Mann hatte nichts dagegen, dass Uhlemann hier seine Runden drehte, verwies allerdings darauf, dass er, bitte schön, nicht laufen solle, wenn er selbst im Revier sei. Vorsicht sei die Mutter der Porzellankiste. Aber seine Anwesenheit könne Uhlemann daran erkennen, dass sein Wagen dann vor der Jagdhütte stünde.

Uhlemann lief federnd einen halben Kilometer des Waldwegs entlang, bog dann an einer Abzweigung nach links und hielt auf das recht komfortable Holzgebäude zu. Schon von weitem erkannte er, dass der Geländewagen des Jägers vor der Tür stand. „Mist“, dachte er, „wieso ist Pfitzner denn an einem Montag hier?“ Er würde heute auf seine Lieblingsstrecke verzichten müssen. Aber wenigstens wollte er „Guten Morgen“ sagen. Pfitzner war wohl noch in seiner Hütte, denn der Jagdhund saß links in dem kleinen Zwinger. Er klopfte, rief „Hallo, Herr Pfitzner!“ und trat ein. Der große Wohnraum war leer, und er schaute kurz in die Küche. „Herr Pfitzner?“ Nichts. Dann fiel sein Blick auf den Wohnzimmertisch. Daran lehnten zwei Gewehre, noch in ihren Schutzhüllen aus Segeltuch. Seltsam.

Dann dachte Uhlemann: „Vielleicht macht er nur einen kurzen Kontrollgang, runter zum Hochsitz an dem kleinen See.“ Dieser See war sozusagen das Herzstück des Reviers. Er verließ das Haus und trabte wieder los. Der Hund hinter ihm jaulte protestierend, was Uhlemann nicht weiter beachtete. Er fand Pfitzner auch nicht am Hochsitz. Er schaute sich um. Ein weißer Fleck am Ufer ließ ihn stutzen, und er lief darauf zu. Dann erstarrte er. Pfitzner trug nur ein weißes Unterhemd und eine weiße Unterhose. Er lag auf dem Rücken, und es kam Uhlemann vor, als starrten die weit aufgerissenen Augen des Toten ihn vorwurfsvoll an. Seine Unterschenkel schaukelten seltsam schwerelos im Wasser. Ein Stück neben der Leiche lag ein Kleiderbündel. Uhlemann stürzte zurück zur Jagdhütte. Er wusste, dort gab es einen Telefonanschluss. Er wählte den Notruf, stammelte seine Meldung in die Muschel, vergaß aber nicht zu erklären, wo er genau war. Nach zehn Minuten hörte er die erste Sirene.

*

Der Anruf aus der Zentrale der Inspektion erreichte Warnecke um halb acht. Er war gerade im Bad und freute sich auf ein gemütliches Frühstück mit seiner Frau. Jetzt ging er, schon Böses ahnend, an den Apparat. Ein ihm nicht bekannter Beamter meldete sich: „Herr Hauptkommissar, wir haben einen Leichenfund." Warnecke sog schwer die Luft ein. „Nicht noch einer" dachte er, „bloß nicht noch einer." Er ließ sich von dem Beamten genau erklären, wo die Fundstelle war. Dann gab er seine Anweisungen: „Die Beamten Schröder, Kerkhoff und Bollmann sind zu informieren und sollen sofort dahin fahren. Weiß der Arzt Bescheid?"

„Der müsste schon unterwegs sein."

„Wer hat den Vorfall gemeldet?"

„Ein Jogger, der war ganz schön durcheinander. Ich habe den Anruf selbst entgegengenommen."

„Genaueres bitte."

Die Stimme am anderen Ende der Leitung sagte: „Na ja, wie gesagt. Er war durcheinander. Eine Leiche in einem Waldsee. Das haben die Streifenbeamten bestätigt, die als erste vor Ort waren."

„Gut, dann möchte ich ein Team der Spurensicherung dahin haben. Ach ja, und erklären Sie dem Kollegen Bollmann genau den Weg. Er ist noch neu in Osnabrück. Bei mir wird es etwas dauern, ich muss aus Melle kommen."

Warnecke legte auf, informierte seine Frau, zog sich an und trank hastig eine Tasse Kaffee im Stehen. Dann machte er sich auf den Weg.

*

Warnecke kam tatsächlich als Letzter am Fundort an. Es herrschte die übliche routinemäßige Geschäftigkeit. Der Arzt war mit seiner Arbeit schon fertig und trat auf Warnecke zu. Der Hauptkommissar blickte ihn fragend an.

„Noch nichts Sicheres, aber ich würde sagen Tod durch Ertrinken.

„Wann?"

„Grob geschätzt vor acht bis zehn Stunden." Der Mann verabschiedete sich und die Spurensicherer nahmen ihre Arbeit auf.

Warnecke fühlte sich an diesem Fundort außergewöhnlich unbehaglich. Eine böse Ahnung überkam ihn. Vor gut einem Jahr hatten sie nicht weit von hier, auf der anderen Seite der bewaldeten Anhöhe, ebenfalls eine Leiche in einem kleinen See gefunden. Die Sache hatte sich damals zu einem der kompliziertesten Fälle seiner bisherigen Laufbahn entwickelt. Er hoffte, dass sich das hier als ein natürlicher Tod oder Unfall herausstellen würde.

Schröder trat an ihn heran und deutete auf einen abseits stehenden Mann im Jogginganzug: „Das ist Sven Uhlemann, er hat den Toten gefunden."

„Wie geht es ihm?"

„Scheint wieder ganz okay zu sein."

Warnecke ging zu dem Mann hinüber. „Herr Uhlemann."

Der Mann blickte ihn fragend an.

„Ich bin Hauptkommissar Warnecke, kann ich Ihnen ein paar Fragen stellen?"

Uhlemann nickte.

„Wann haben Sie den Toten gefunden?"

„Das muss so kurz nach sieben gewesen sein. Ich habe aber in der Aufregung nicht auf die Uhr geschaut."

Warnecke nickte verstehend. „Joggen sie öfter hier?"

„Ja, ich hatte doch die Erlaubnis von Herrn Pfitzner."

„Herr Pfitzner?"

„Ja, Pfitzner. Der Tote."

Warnecke fragte elektrisiert: „Sie kannten den Mann?"

„Ja, Jürgen Pfitzner, der Pächter dieses Reviers. Das dort ist seine Jagdhütte und davor steht sein Wagen." Warnecke schlug sich innerlich vor die Stirn. Daran hatten sie alle überhaupt noch nicht gedacht. Er persönlich hatte den abgestellten Wagen für den des Joggers gehalten. Er winkte Kerkhoff heran: „Herr Uhlemann hier kann dir einiges Interessantes berichten."

Ohne Kerkhoffs erstaunten Blick zu beachten, ging er zu der Hütte. Er umwickelte die Türklinke mit einem Taschentuch, trat vorsichtig ein, sah sich um: „Ganz schön edel, diese sogenannte Hütte", dachte er, als er die Einrichtung betrachtete. Er schaute auch in die anderen Räume, ohne jedoch etwas zu berühren. Im Bad war Badewasser in der Wanne eingelassen. Er ging wieder nach draußen. Kerkhoff war immer noch ins Gespräch mit Uhlemann vertieft. Schröder und Bollmann sprachen mit den Spurenexperten. Warnecke ging zu ihnen hinüber: „Ihr müsst auch das Haus und den Wagen auf den Kopf stellen, der Tote war der Besitzer." Dann ging er zu Kerkhoff hinüber, sprach Uhlemann an: „Herr Uhlemann, kannten Sie Herrn Pfitzner näher?"

„Nein, nur von hier als Jagdpächter."

„Also haben Sie keine Adresse von ihm."

„Nein, aber seine Büroadresse dürfte leicht herauszufinden sein. Er arbeitete doch in dieser großen Kanzlei in Osnabrück." Uhlemann nannte den Namen. Die Kanzlei war auch Warnecke ein Begriff, er hatte nur den Namen Pfitzner in diesem Zusammenhang noch nicht gehört. Der Hauptkommissar schaute sich um. Er konnte hier im Augenblick nichts mehr tun, deshalb beschloss er, Pfitzners Büro zu besuchen. Als er ging, rief er seinen Kollegen über die Schulter zu: „Jemand soll sich um den Hund kümmern!" Vom Wagen aus wählte er die Nummer der Inspektion und ließ sich die Adresse der Kanzlei geben.

*

Als er mittags wieder ins Büro kam, traf er nur auf Bollmann . Der erklärte: „Kerkhoff ist noch in der Gerichtsmedizin und wollte danach bei den Spurensicherern vorbeigucken. Schröder ist zu Pfitzners Privatadresse gefahren, die haben wir mittlerweile in Erfahrung gebracht. Er hat auch den Hund mitgenommen."

Mist, an die Ermittlung der Privatadresse hätte er auch denken können, als er in Pfitzners Kanzlei war.

„Und was machst du?"

„Na ja, einer muss sich doch weiter um diese Stempelgeschichte aus dem anderen Fall kümmern. Was hat der Besuch in der Kanzlei gebracht?"

Warnecke winkte ab: „Nicht jetzt. Wir setzen uns zusammen, wenn die anderen Kollegen wieder da sind. Ich mach mir noch ein paar Notizen und dann helfe ich dir."

Schröder und Kerkhoff trudelten fast zeitgleich am späten Nachmittag ein und das Team setzte sich zusammen. „Tut mir leid,

Kurt, aber ich musste erst den Hund noch in eine Hundepension bringen. Pfitzners Frau wollte ihn partout nicht behalten."

„Und wie hat sie es aufgenommen?"

„Eigentlich ziemlich ruhig und gefasst. Sie hat ein paar Tränen weggedrückt, gefragt, wie es vorgefallen ist, und meinte dann, sich um die ganzen Formalitäten kümmern zu müssen. Ich habe ein wenig nachgebohrt, und sie meinte, ihr Mann und sie hätten sich schon vor Jahren auseinandergelebt und sich nichts mehr zu sagen gehabt. Zum Schluss hätten sie eine reine Vernunftehe geführt, wegen verschiedener gemeinsamer Investitionen und wegen des Immobilienbesitzes. Die Ehe ist übrigens kinderlos, und Pfitzner hat in den letzten Jahren nur noch für sein Hobby, eben die Jagd, gelebt."

„Mein Besuch in der Kanzlei war auch nicht befriedigend", sagte Warnecke. „Erst mal waren sie sehr reserviert mir gegenüber. Ein großer Schock war meine Nachricht auch nicht, man machte sich mehr Sorgen darum, wer Pfitzners Aufgaben übernehmen könne. Spezialgebiet Scheidungen. Arbeitete dabei auch überregional und nahm ein Mandat nur an, wenn es finanziell lohnend war. Leute mit schmalerer Geldbörse, also auch uns, hätte er wohl abgelehnt. Ich habe noch ein paar persönliche Daten zusammengetragen: Jahrgang 1961, und er ist vor vierzehn Jahren in die Kanzlei eingetreten. So, das war's von meiner Seite." Er blickte Kerkhoff an, der schon die ganze Zeit aufgeregt auf seinem Stuhl hin- und hergerutscht war.

„Also, die Spurenermittler sind mit dem Haus natürlich noch beschäftigt, aber zum Fundort der Leiche konnten sie mir schon was sagen. Fußabdrücke von Gummistiefeln der Größe 42. Aber keine von Pfitzner, der war barfuß und solche Spuren gibt es auf der ganzen Strecke von der Jagdhütte bis zum See nicht."

„Mein Gott", dachte Warnecke, „geht das schon wieder los."

Kerkhoff fuhr fort in der Gewissheit, nun die ungeteilte Aufmerksamkeit der Kollegen zu haben. Sein nächster Satz war wie ein Peitschenhieb: „Und das Kleiderbündel neben der Leiche war eine Soutane!"

„Eine was?", entfuhr es Schröder verblüfft.

„Eine Soutane, ein Gewand für katholische Priester." Die Runde schwieg betroffen. Kerkhoff war aber noch nicht fertig: „Nun zur Gerichtsmedizin. Todeszeitpunkt zwischen dreiundzwanzig und vierundzwanzig Uhr am Sonntag."

Schröder nickte: „Das dürfte passen. Seine Frau hat mir erzählt, er sei schon am Freitag zum Revier gefahren."

Kerkhoff fuhr fort: „Pfitzner ist tatsächlich ertrunken, man fand Wasser in der Lunge, nur war das nicht von dort, wo er gefunden wurde."

„Was soll das jetzt wieder heißen?", fragte Warnecke entnervt.

„Die Analyse des Wassers ergab auch Spuren von Milchproteinen und Aprikosenkernöl, und das wird ja wohl kaum in einem Waldsee zu finden sein, sondern eher in einem Pflegebad."

„Das eingelassene Badewasser", entfuhr es Warnecke.

Kerkhoff fuhr fort: „Die Untersuchung des Mageninhalts ergab Reste von Rotwein, versetzt mit einem Barbiturat."

„Du meinst so etwas wie ein Betäubungsmittel?", fragte Bollmann.

„Ja, aber in ziemlich konzentrierter Form, der Gerichtsmediziner meinte, der Mann müsse ziemlich weggetreten gewesen sein."

„Könnte sein, dass er krank war oder tablettensüchtig", wandte Warnecke ein. „Schröder, kannst du das mal sofort mit der Frau von Pfitzner klären. Du kannst den Apparat in meinem Büro benutzen." Schröder ging in den Nebenraum.

Kerkhoff erhob sich und erklärte: „Ich gehe noch einmal rüber zu unseren Alchemisten, vielleicht haben sie schon weitere Erkenntnisse." Auch er verschwand.

Warnecke und Bollmann nutzten die Zeit, um zwischendurch ihre Ergebnisse wegen des Stempels zu vergleichen. Sie hatten insgesamt neun Fachgeschäfte gefunden, die einen derartigen Stempel anfertigen konnten. Jeder von ihnen hatte bisher drei abtelefoniert. Absolut negativ. Keines der Geschäfte hatte in den letzten Monaten einen Stempel mit „Zur Veröffentlichung freigegeben" produziert. Blieben noch drei.

Schröder betrat wieder den Raum und schüttelte den Kopf: „Frau Pfitzner behauptet, ihr Mann sei kerngesund gewesen, war außerdem Anhänger der Naturmedizin. Er hätte sich bei einer Erkrankung wohl eher einen Gesundheitstee aufgebrüht, als Tabletten zu nehmen. Allerdings trank er gerne mal einen Rotwein."

Auch Kerkhoff war inzwischen zurück und hatte das meiste von Schröders Erklärung gehört, nun setzte er an. „Das Spurenteam und die Gerichtsmedizin sind schon recht weit, die arbeiten wirklich zügig. Also das Wichtigste. Erstens, das Wasser in Pfitzners Lunge ist identisch mit dem Badewasser. Diese beiden kosmetischen Substanzen, oder wie man das nennt, fanden sich auch in dem Wasser aus der Wanne. Und dann haben sie aus dem Wasser auch Körperhaare ausgefiltert, die eindeutig von Pfitzner stammen. In der Küche stand ein Glas mit einem Rotweinrest, der eindeutig mit diesem Medikament versetzt war, ich kann mir den Namen nicht merken, aber das steht dann ja wohl in der Akte. Die dazugehörige halbleere Flasche stand auf der Anrichte, der Rotwein darin war allerdings sauber. Das war es bisher."

Warnecke hatte sich während der Äußerungen von Schröder und Kerkhoff Notizen gemacht. Nun blickte er eine Zeit lang darauf, seine Kollegen schwiegen. Dann schaute er auf: „Also meiner Meinung nach müssen wir davon ausgehen, es mit demselben Bekloppten wie bei dem Mord aus der letzten Woche zu tun zu haben. Das Opfer erst betäubt, dann wahrscheinlich in der Badewanne ertränkt. Und noch eine Parallele zum Fall Köhler: Er schleppt die Leiche vom Tatort wieder zu einem Gewässer, dieses Mal zu einem See, und legt sie dort ab. Dann auch noch die Soutane, wieder so ein bekloppter Hinweis, mit dem wir nichts anfangen können."

„Warum hat er das Rotweinglas in der Jagdhütte nicht ausgewaschen?", fragte Bollmann.

„Vielleicht war es ihm egal. Er konnte sich denken, dass wir auch so den Tathergang rekonstruieren können. Da hat er sich die Arbeit eben gespart. Ich glaube, dieser Verrückte ist für beide Morde verantwortlich."

„Oh Scheiße", entfuhr es Kerkhoff. „Hoffentlich bekommt Lübbing dann nicht wieder unerwünschte Post."

Genau das war es, was Warnecke auch befürchtete.

5

Am Dienstag beschloss Lübbing, endgültig Frieden mit Paula zu schließen. Obwohl er eigentlich vorgehabt hatte, dem Hund nichts anderes von seinen Fressalien zu geben, wenn er vorher nicht sein Müsli verspeiste, erbarmte er sich. Am späten Nachmittag holte er den Tofu aus dem Kühlschrank, auch weil ihn der Anblick der pastenähnlichen Substanz jedes Mal gestört hatte, wenn er sich etwas zu essen oder zu trinken herausgeholt hatte. Als er den gefüllten Fressnapf in der Küche auf den Boden stellte, musste Paula das Geräusch wohl gehört und erkannt haben. Jedenfalls kam der Hund mit einem für ihn beachtlichen Tempo um die Ecke geflitzt und steckte fast den halben Kopf blitzschnell in den Napf – dann jaulte er herzzerreißend auf. Lübbing wusste im ersten Moment überhaupt nicht, was los war. Dann sah er das Malheur. Paula hatte aus lauter Gier den Kopf zu ruckartig nach unten bewegt, seine großen Schlappohren waren nach vorn geflogen, gerade als Paula das erste Mal in den Tofu beißen wollte. Jetzt steckte das rechte Ohr auf dem unteren Eckzahn fest, glatt durchgebissen.

Lübbing nahm den Hund hoch, trug ihn auf den Schreibtisch und versuchte, das Ohr vom Zahn zu befreien. Das gelang ihm auch nach einiger Zeit, aber Paula hatte zweimal versucht, ihn zu beißen. Das Resultat war ein Gott sei Dank nicht lebensbedrohlicher Riss an Lübbings rechtem Zeigefinger. Er setzte das Tier recht unsanft auf den Boden und ging ins Bad, um sich erst einmal selbst zu verarzten. Dann überlegte er. Der Riss in Paulas Ohr war locker zwei Zentimeter lang, da konnte er nicht einfach ein Pflaster drüberkleben. Er beschloss schweren Herzens einen Tierarzt aufzusuchen, ging zum Telefon und bestellte ein Taxi. Als er mit Paula auf dem Arm vor dem Haus wartete, dachte er: „Lübbing, du bist zu alt für so etwas. Hättest rechtzeitig Kinder zeugen sollen, dann könntest du jetzt denen auf den Geist gehen und deine Marotten ausleben, anstatt Pflegeonkel für einen Hund zu spielen."

Jedenfalls versicherte ihm der Tierarzt, dass die Wunde nicht mehr als eine Bagatelle sei, allerdings genäht werden müsse. Dazu müsse der Hund betäubt werden. Lübbing war das recht, so konnte er Paula wenigstens ohne Theater nach Hause bringen.

Als das Taxi wieder vor der Katharinenstraße hielt, Lübbing hatte noch bei einem italienischen Restaurant anhalten lassen und sich eine Pizza mitgenommen, schlief das Tier immer noch. Schwer beladen mit Pizza und Hund stand er schließlich ebenso schwer atmend in seiner Wohnung. Er legte Paula auf seine Decke und machte sich über die Pizza her. Er hatte noch nicht einmal die Hälfte verspeist, als er ein unangenehmes Ziehen im Magen verspürte. Er schob die Pizza etwas von sich weg, das kannte er schon. „Zuviel Aufregung", dachte Lübbing. Es trat in letzter Zeit immer häufiger auf. „Scheiße", dachte er, „warum musste ich mir auch gerade die „Caprese" mit Sardellen und Kapern bestellen?" Aber es war nun mal seine Lieblingspizza.

Er stand auf, guckte kurz nach Paula. Der Hund schlief immer noch. Dann holte er zwei Bullrich-Tabletten gegen das Magendrücken aus dem Bad und legte sich ins Bett.

Irgendwann in der Nacht wurde er wach, weil er ein Geräusch gehört hatte, das er sich nicht erklären konnte. Er sprang aus dem Bett und machte Licht im Wohnzimmer. Paula lag auf dem Flokati, die übriggebliebene Pizza vor sich, das heißt den Rest, der noch nicht in seinem Magen verschwunden war, und schmatzte vernehmlich und genüsslich.

Was sollte er tun? Er war wütend, sehr wütend, versuchte aber, sich zu beruhigen. „Bringt nichts, das Viech jetzt zu verprügeln, aber morgen kommt er weg, irgendwie weg, egal wohin und egal, was Helen und diese Undine davon halten. Der Köter hat doch nur Macken."

Er ging zur Toilette, nahm auch noch einmal zwei Bullrich-Tabletten. Als er wieder ins Wohnzimmer kam, lag Paula friedlich schlummernd auf seiner Decke. Der Flokati, den er versaut hatte, war ihm nun wohl zu dreckig gewesen. Lübbing machte das Licht aus und während er den Raum verließ, rülpste Paula hinter ihm zufrieden im Schlaf.

Bevor er einschlief, dachte er noch: „Wie ist der Fettkloß mit den Stummelbeinen bloß an die Pizza auf dem Tisch rangekommen?"

*

Am nächsten Morgen brühte er sich Tee auf. Während dieser zog, ging er mit dem Flokati in den Waschkeller, um ihn in die Waschmaschine zu stecken, auch wenn er nicht glaubte, dass es viel bringen würde, besonders die passierte Tomatensoße hatte sich tief in die Fasern des ehemals prächtig weißen Stückes eingegraben. Paula schaute ihn bei seinen Aktivitäten die ganze Zeit unschuldig an. „Schau du nur, meine Zeit kommt noch", dachte Lübbing.

In Anbetracht dessen, wie sein Magen am gestrigen Abend reagiert hatte, verzichtete er auf sein sonst üppiges Frühstück, beschränkte sich auf Tee und gebutterten Toast. Er überlegte, wie er den Tag verbringen sollte. Der Morgen zeigte an, dass es ein schöner Tag werden würde. Er hatte Lust, etwas unter freiem Himmel zu unternehmen. Vielleicht ins Nettetal oder um den Rubbenbruchsee laufen, vielleicht auch mal wieder in den Zoo gehen. Aber da war Paula. Lübbing hatte keinerlei Interesse, das Tier die bewaldeten Hügel des Tales hochzutragen, ihn aus einem See zu retten oder aus dem Löwengehege zu holen. So beschloss er, wenn auch schweren Herzens, den Tag am Schreibtisch zu verbringen. Es lag da immer noch ein unvollendetes Essay über die Beziehung der Iren zu ihren Pubs. Er hoffte, es zu Beginn der Urlaubszeit an ein Magazin verkaufen zu können.

Bevor er loslegte, musste er noch nach der Post schauen. Ein einziger Brief lag im Briefkasten: DIN A5-Format, braun – und ohne Absender. Lübbing überkam eine böse Ahnung, so etwas hatte er doch letzte Woche schon bekommen. Er legte den Umschlag stirnrunzelnd auf den Schreibtisch und dachte nach. Natürlich hatte auch Lübbing von dem Leichenfund am Montagmorgen gehört, sich aber nichts weiter dabei gedacht, in Presse und Rundfunk war nur von einem Ertrunkenen die Rede. Jetzt kam ihm das Ganze merkwürdig vor. Er beschloss, Warnecke anzurufen.

Der begrüßte ihn gleich mit einer Frage: „Morgen Lübbing, du hast also wieder ominöse Post bekommen?“

Lübbing war etwas verdattert: „Kurt, woher weißt du ...?“

Warnecke unterbrach ihn: „Wir hatten schon so etwas befürchtet. Ich schicke dir sofort einen Streifenwagen.“

*

Lübbing war zwanzig Minuten später in der Polizeiinspektion. Mit dem Briefumschlag und mit Paula. Obwohl alle anwesenden Beamten gespannt auf den Inhalt des Umschlages waren, fragte Schröder nach einem Blick auf den Hund: „Was hat er denn da am rechten Ohr?“

„Jagdunfall“, sagte Lübbing kurz angebunden.

„Na, das passt dann ja auch bestens zu unserem Fall“, bemerkte Kerkhoff spöttisch.

„Nun aber Schluss“, sagte Warnecke ungehalten.

Er hatte sich ein Paar Kunststoffhandschuhe übergezogen und begann, den Umschlag vorsichtig zu öffnen. Dann griff er hinein, ertastete etwas und brachte ein Polaroidfoto zum Vorschein. Lübbing starrte darauf. Eine Leiche, halb im Wasser liegend in Unterwäsche und daneben ein dunkles Kleiderbündel. „Scheiße“, dachte er, „noch so ein Ding.“ Die Beamten waren nicht überrascht, sie hatten so etwas schließlich erwartet. Warnecke drehte das Foto vorsichtig mit einer Pinzette um.

Die Rückseite zeigte den bekannten Stempel „Zur Veröffentlichung freigegeben“. Dann wieder eine Reihe Buchstaben, die einzeln gestempelt waren: „Let's have a party“ – 20. Oktober 1937.

„Was ist das denn jetzt wieder!“, wurde Warnecke laut. „Lädt der uns jetzt zu einer Party ein?“

Alles schwieg betreten.

Warnecke wurde wieder ruhig. „Hat jemand etwas dazu zu sagen?“ Keiner antwortete.

„Also gut, beziehungsweise nicht gut. Jeder lässt sich alles noch mal durch den Kopf gehen und macht ansonsten mit seinen Recherchen weiter. Morgen früh treffen wir uns zur üblichen Zeit.“

Er blickte Lübbing an: „Hast du dazu eine Meinung?"

Lübbing reichte es. Er wollte mit diesen Sachen nichts mehr zu tun haben. Er kam deshalb und wegen dieses unsäglichen Hundes nicht mehr vernünftig zu seiner Arbeit. Er hatte die Schnauze voll. Trotzdem bemühte er sich, möglichst ruhig zu antworten: „Nein, Kurt, keine Meinung. Es ist schon blöd genug, dass ich diese beiden Briefe mit den furchtbaren Fotos bekommen habe. Und ich weiß wirklich nicht, warum. Ich kenne die Personen nicht, die darauf abgebildet sind, kann auch mit ihren Namen nichts, aber auch gar nichts anfangen. Und ich will mit solchen Sachen nichts mehr zu tun haben. Ich habe genug eigene Probleme." Automatisch ging sein Blick zu Paula, der natürlich wieder flach auf dem Boden lag.

Warnecke nickte verständnisvoll. Lübbing bückte sich, nahm Paula auf den Arm und verließ den Raum.

Er war auf dem Flur, als Schröder ihm nachrief: „Lübbing, warte mal!" Er deutete auf Paula: „Was ist denn mit ihm?"

„Ach, Helen und ihre Freundin sind im Urlaub und haben ihn mir aufs Auge gedrückt. Es ist der Hund von Undine, Helens Freundin, hat tausend Macken und Neurosen. Ich werde mit ihm einfach nicht fertig."

Schröder legte ihm beruhigend die Hand auf den Oberarm. Dann holte er aus seiner Brusttasche eine Visitenkarte heraus. „Hier, diese Hundepension macht einen guten Eindruck. Ich habe da selbst vor zwei Tagen ein Tier abgegeben. Bring den Hund doch für die Zeit, in der die beiden noch im Urlaub sind, einfach dahin."

„Das kann ich doch nicht machen. Wenn Helen das rausbekommt, habe ich mehr Ärger als jetzt."

Schröder benahm sich ganz wie ein väterlicher Freund: „Erstens, wie soll sie es denn merken, wenn du den Hund wieder rechtzeitig zurückholst, oder gehört zu seinen Neurosen, dass er reden kann? Zweitens, ich habe Helen nun ein paar Mal kennengelernt, und das nicht gerade nur in leichten Momenten. Du glaubst doch nicht, dass eure Beziehung ernsthaft durch einen Hund belastet werden kann, der noch nicht einmal ihr gehört."

Schröder wandte sich zum Gehen und sagte leichthin über die Schulter: „Denk über meine Worte nach.“

Im Konferenzzimmer fragte Kerkhoff ihn: „Was hattest du denn noch mit Lübbing zu besprechen?“

„Ein Fachgespräch über Tier- und Nervenpflege.“

Kerkhoff schaute erstaunt.

„Kann vielleicht jeder an seine Arbeit gehen. Ist nicht gerade wenig“, mahnte Warnecke.

Bollmann räusperte sich: „Ich hätte da noch ein paar Sachen.“

„Na, dann los“, ermunterte ihn Warnecke.

„Ja also, ich habe wegen dieser Polaroidfotos mal bei unserem Polizeifotografen nachgefragt. Der meint, solche Filme gibt es heute so gut wie in keinem Fachgeschäft mehr. Die Kameras sind praktisch vom Markt verschwunden. Man könnte diese Filme höchstens noch in irgendwelchen Großmärkten bekommen.“ Er machte eine Pause und sagte dann: „Ich habe auch zwei gefunden, die sie noch im Programm haben, aber keiner kann sich an eine konkrete Person erinnern, die einen Film gekauft hat. Ist ja auch alles Selbstbedienung, und die Kassiererinnen ziehen die Ware über den Scanner, die kriegen doch kaum mehr mit, was sie da eigentlich alles so scannen. Also, ich meine diese Spur können wir vergessen.“

Warnecke schaute auf den jungen Kollegen: „Gute Arbeit, Johannes, ich bin deiner Meinung.“

Auch Schröder und Kerkhoff nickten.

Bollmann war noch nicht fertig. „Dann ist da noch etwas. Wir reden von dem Täter als Mann und als Einzelperson. Wer sagt uns denn, dass das so ist? Es kann doch auch eine Frau sein, oder vielleicht gibt es mehrere Täter.“

Kerkhoff schüttelte den Kopf: „Nein, wir haben an beiden Fundorten immer nur ein Paar nicht identifizierter Fußspuren gefunden, mehrere Täter scheiden aus.“

„Aber warum denn?“, wandte Bollmann ein. „Wir wissen zumindest beim ersten Mord, dass der Fundort nicht der Tatort war. Es könnte doch auch nur einer der Täter die Leiche dort hingebracht haben, aber mehrere an der Tat beteiligt gewesen sein.“

„Und wieso kommst du auf eine Frau als Täterin?", fragte Warnecke.

„Ich behaupte es ja nicht. Es ist nur Spekulation. Allerdings, warum wurden die Leichen jeweils zum Fundort geschleift und nicht getragen? Vielleicht weil sie zu schwer waren, das deutet für mich auf eine Frau hin."

Schröder bemerkte: „Johannes hat Recht mit seinen Gedanken, wir sollten das auf jeden Fall mit einbeziehen."

Warnecke sagte kurz: „Danke, Bollmann." Der Junge machte sich gut, fand er, bei aller Bescheidenheit und Unauffälligkeit hatte er eigene Ideen. Dann kamen ihm wieder trübere Gedanken, wenn er an die bisherige Entwicklung des Falles dachte. Bollmanns Auftritt war das einzig Positive an diesem Tag.

*

Lübbing saß im „Grand Café" in der Gutenbergpassage und genoss bei dem warmen Wetter den ersten Eiskaffee des Jahres. Paula lag friedlich auf dem Boden neben ihm, er war immer noch etwas groggy von der Betäubungsspritze des Vortages, Lübbing war es völlig Recht. Obwohl er vor Warnecke so getan hatte, als interessiere ihn dieser Fall nicht und als ginge er ihm nur auf die Nerven, kehrten seine Gedanken immer wieder zu den beiden Fotos zurück. Plötzlich hatte er eine Idee. Er kramte in seinem Rucksack und fand den Zettel, auf dem er diesen komischen Namen „Pepito Sbazzeguti" notiert hatte. Schließlich saß er in einem italienischen Café, da könnte eine Frage nicht schaden. „Amando", winkte er dem Kellner, „können Sie mit diesem Namen etwas anfangen?"

Amando blickte auf den Zettel. „Nein, nichts, aber wer heißt auch schon so?", Amando musste lachen.

Lübbing gab noch nicht auf und bat den Italiener: „Seien Sie doch so nett und fragen auch mal ihre Kolleginnen und Kollegen."

„Das kann aber einige Zeit dauern, bis ich alle gefragt habe. Das Bedienen der Kunden geht vor und wir haben gut zu tun."

„Ja, selbstverständlich." Lübbing blickte kurz zu Paula hinunter, der immer noch vor sich hindämmerte und meinte: „Das ist in Ordnung, ich habe noch etwas Zeit. Bringen Sie mir ruhig noch einen Eiskaffee."

Amando nickte und verschwand mit dem Zettel. Der Eiskaffee kam, und in den folgenden Minuten beobachtete Lübbing, wie Amando immer wieder seinen Kolleginnen und Kollegen den Zettel zeigte. Er sah auch, wie alle mit dem Kopf schüttelten. Lübbing dachte resigniert: „War ja auch nur ein Versuch."

Plötzlich hörte er ein helles Lachen. Er blickte auf. Amando stand hinter dem Bedienungstresen und sprach angeregt mit einer jungen Angestellten. Er beobachtete, wie der Kellner nochmals auf sie einsprach, sie nickte heftig und lachte wieder. Lübbing wurde aufgeregt, die nächsten Minuten rutschte er mehrmals unruhig auf seinem Stuhl hin und her. Aber er musste sich noch etwas gedulden, Amando brachte erst mehrere Bestellungen zu verschiedenen Tischen. Dann kam er, auch fröhlich lachend, zu Lübbings Tisch: „Herr Lübbing, sollte das ein Spaß sein mit dem komischen Namen, eine Art Rätsel für uns?"

„Nein", Lübbing war irritiert, „ich wollte wirklich nur wissen, ob jemand etwas mit dem Namen anfangen kann."

Amando antwortete: „Konnte jemand, Maria da drüben." Er zeigte auf die Bedienung, die vorhin so herzlich gelacht hatte. Lübbing schaute hinüber, Maria lächelte ihn an.

Schnell konzentrierte er sich wieder auf das Wesentliche. „Und was ist jetzt mit dem Namen?"

Amando antwortete mit einer Gegenfrage: „Kennen Sie die Filme von *Don Camillo und Peppone*?"

Lübbing antwortete verblüfft: „Ja, aber nicht mehr so genau. Habe ich in meiner Jugend öfters gesehen."

„Der Name stammt aus einem dieser Filme. Maria weiß es genau. Der kommunistische Bürgermeister und Gegenspieler von Don Camillo hat Lotterie gespielt, was natürlich in der Philosophie seiner Genossen eine kapitalistische Verwerflichkeit ist. Deshalb hat er einen falschen Namen benutzt. Don Camillo bekommt es heraus und erpresst ihn deshalb ein bisschen, und so weiter und so fort. Eben wie diese Filme das Publikum unterhalten sollten. Maria ist sich völlig sicher, dass es aus einem Don Camillo-Film ist. Sie weiß nur nicht mehr, aus welchem."

Lübbing schaute wieder zu der jungen Frau hinter dem Tresen. Sie sah auf und blickte auch ihn lächelnd an. Er notierte in sein Gedächtnis: „Oh, so wunderschöne grüne Augen." Er war verunsichert und sagte eigentlich zu kurz angebunden zu Amando, der sich doch solche Mühe gemacht hatte „Ich möchte dann zahlen." Der Kellner verschwand, um die Rechnung zu holen.

Lübbing überlegte. Das war immerhin ein Fortschritt. Aber was hatte eine real nicht existierende Person mit realen Morden zu tun? Dann kam ihm eine Eingebung. Sein Vater hatte viele Don Camillo-Filme, wenn nicht alle in seiner Videosammlung. Er griff zum Handy und rief im Heim seiner Eltern in Belm an. Er hatte Glück, sein Vater war zu Hause.

„Du könntest mir heute bei einer Recherche helfen, bei der wir einige Filme aus deiner Sammlung anschauen müssten."

„Na, komm ruhig vorbei. Dann kannst du mir auch gleich erzählen, was da wohl wieder hintersteckt."

Amando kam mit der Rechnung an seinen Tisch. Lübbing gab dieses Mal ein besonders großzügiges Trinkgeld.

Amando schaute erstaunt: „Soll ich das jetzt mit Maria teilen?"

„Das entscheiden Sie."

Dann ergänzte Amando spitzbübisch: „Sie sagte mir übrigens vorhin, dass sie Ihr Lächeln mag und Ihre Augen."

Lübbing stand abrupt auf: „Sagen Sie ihr mit Dank zurück. Aber Personal darf doch eigentlich nicht mit Gästen anbandeln, oder?"

„Ja. Da haben Sie Recht, Herr Lübbing. Aber sie ist noch neu, das werden wir ihr noch beibringen. Ach, und vergessen Sie Ihren Hund nicht."

Der Kellner drehte sich um und ging. Lübbing hatte allerdings den Eindruck, dass Amandos Schultern verdächtig zuckten. So, als würde er lachen.

Lübbing packte sich Paula auf den Arm und machte sich auf den Weg zum Neumarkt, um seinen Bus nach Belm zu erwischen.

Jetzt musste er die neurotische Töle auch noch seinen Eltern präsentieren.

In der Tür konnte er es nicht lassen, noch einmal zurückzugucken, auf Maria. Sie schien den Blick bemerkt zu haben. Jedenfalls hörte sie für einen Moment auf, Eis in einen Glasbecher zu portionieren, und sah ihn lächelnd an. Lübbing machte, dass er schnell aus dem Café kam.

Auf dem Weg zum Busbahnhof, Paula unter dem Arm, dachte er: „Maria - ein schöner Name", und dann: „Schöne Augen, bezauberndes Lächeln."

Paula verhinderte, dass Schlimmes passierte. Der Hund war endlich richtig wach geworden und jaulte leise. Lübbing sah, dass er an der Hasebrücke fast bei Rot über die Ampel gelaufen wäre. Paula hatte das verhindert.

„Ja, ja, du hast Recht, mein Lieber, man darf erst über die Straße gehen, wenn das kleine grüne Männchen auf der Ampel die Beine breit macht." Liebevoll kraulte er dem Hund den Nacken. Dann zog er die Hand sofort wieder zurück. So weit käme das noch, dem Tier für diese kleine Warnung zu danken. Er dachte: „Morgen rufe ich die Tierpension an."

6

„Nicht mit Paula Bus fahren", diese Warnung hatte Lübbing völlig vergessen. Der Hund war allerdings auch freudig und ohne Lübbings Hilfe die Stufen an der Fahrertür hochgeklettert. Für seine Verhältnisse sogar sehr schnell. Das hätte Lübbing stutzig machen müssen. Während der seinen Fahrpreis entrichtete, inspizierte Paula den gesamten langen Gelenkbus, machte hinten kehrt und legte seinen Patrouillengang in umgekehrter Richtung zurück.
Lübbing hatte sich in der Mitte des Busses hingestellt, wo der Gang sich verbreiterte, alle Plätze des Busses waren besetzt. Das hatte auch Paula bemerkt. Der Hund setzte sich in den Mittelgang, schaute zu zwei Fahrgästen auf, die auf einem Doppelsitz Platz genommen hatten und ließ plötzlich ein Knurren ertönen, das an eine rachitische Bulldogge erinnerte. Die beiden Fahrgäste zuckten zusammen und starrten ängstlich den Hund an. Lübbing eilte heran. Noch bevor er Paula erreicht hatte, ging dieser zur nächsten Variante über. Dieses Mal hatte das Knurren eindeutig Ähnlichkeit mit einem Werwolf. Beide Personen sprangen auf, drückten sich ängstlich an Paula vorbei und gingen schnellen Schrittes in Richtung des Busfahrers. Mittlerweile hatte Lübbing Paula erreicht. Der Hund schaute ihn erwartungsvoll an, er wollte auf die frei gewordenen Plätze gehoben werden. Gleichzeitig hatte der Bus die Haltestelle am Berliner Platz erreicht. Die Mitteltür öffnete sich, von vorn kam der Busfahrer herangestürmt, zeigte mit dem Daumen auf den Ausgang und sagte beunruhigend leise: „Raus, Sie und Ihre Töle, raus." Lübbing wollte zu einer Verteidigungsrede ansetzen, als der Fahrer donnerte: „Raus! Sofort raus!" Nun jaulte Paula plötzlich. Resigniert nahm Lübbing den Hund auf den Arm und verließ den Bus. Draußen bestellte er über das Handy ein Taxi.

*

Als er im Arbeitszimmer vor seinem Vater stand, schaute der verblüfft auf Paula in Lübbings Arm.

„Wer ist das?"

„Paula."

„Wer?"

„Paula!"

„Und was ist das?"

„Ein Hund."

„Bist du sicher?"

Lübbing wollte die Unterhaltung so nicht weiterführen und setzte Paula auf den Boden. Der lag sofort wieder flach und schloss die Augen.

Sein Vater bemerkte Lübbings Unwillen: „Schon gut, lassen wir das. Nur eine letzte Frage zu dem da." Er deutete auf Paula. „Hängt das irgendwie wieder mit deiner Freundin Helen zusammen?"

Lübbing nickte.

Sein Vater verzog das Gesicht: „Das hätte mir klar sein müssen." Ohne Übergang wechselte er das Thema. „Also, was hast du mit Don Camillo und Peppone zu schaffen? Obwohl – als Jugendlicher hast du die immer gern geguckt." Er ging zu einem Regal, nahm einen Karton heraus und hielt ihn seinem Sohn hin: „Das sind alle Camillo-Filme, die ich habe. Insgesamt fünf. Soweit ich weiß, sind das auch sämtliche Produktionen. Zumindest die, die synchronisiert und auf den deutschen Markt gebracht wurden. Natürlich erst im Kino, dann im Fernsehen und schließlich wie die hier auf Video. Habe ich mir dann mal aus nostalgischen Gründen gekauft."

„Ist dir aus einem dieser Filme der Name Pepito Sbazzeguti ein Begriff?"

Sein Vater überlegte. Nach einer Weile nickte er: „Ja, der Name kommt irgendwann vor, da bin ich mir ziemlich sicher. Aber frag mich bitte nicht in welchem Film. Ich habe die seit Jahren nicht mehr angeschaut." Nachdenklich nickte er noch einmal bekräftigend: „Aber der Name spielt irgendwo eine Rolle. – Du kannst die Filme gern mitnehmen und sie dir anschauen."

Lübbing überlegte. Jetzt hatte er schon zwei Bestätigungen für den Namen. Die von seinem Vater und die von Maria. Seine Gedanken schweiften ab. Maria. Maria mit den grünen Augen und dem schönen Lächeln. Die Stimme seines Vaters brachte ihn wieder in die Gegenwart zurück. „Also, was ist nun? Willst du die Filme mitnehmen oder nicht?"

Reiß dich zusammen Lübbing. Reiß dich bloß zusammen, ermahnte er sich. Er nickte: „Danke, das ist sehr nett von dir." Dann fiel ihm ein, dass er überhaupt kein Videogerät besaß. Er fragte seinen Vater: „Kann ich mal telefonieren?"

„Ja, sicher. Du weißt ja wohl noch, wo der Apparat steht." Ein kleiner Seitenhieb auf die Tatsache, dass er seine Eltern nach deren Meinung zu wenig besuchte.

Lübbing wählte die Nummer der Polizeiinspektion. Als er Warnecke in der Leitung hatte, fragte er: „Kurt, habt ihr so etwas wie ein Videogerät?"

„Sogar einen eigenen Videoraum. Wieso fragst du?"

„Es geht noch mal um diesen ominösen Namen, Pepito Sbazzeguti. Ich hab da etwas gefunden, aber um das zu konkretisieren, müsste ich ein paar Videos anschauen."

„Und wieso bei uns?"

„Na ja", Lübbing druckste etwas herum, „ich habe kein Abspielgerät."

Am anderen Ende der Leitung konnte Warnecke sich ein Grinsen nicht verkneifen. Typisch Lübbing, wahrscheinlich hatte sein Radio, falls er denn eines besaß, noch Röhrenverstärker.

„Hör mal Lübbing, ich dachte du wolltest dich in Zukunft aus unseren Fällen heraushalten, oder habe ich da etwas falsch verstanden ?"

„Es ist nur so eine Idee."

„Na gut, dann komm vorbei."

Lübbing legte auf und ging wieder zu seinem Vater. Sie plauderten noch ein Weilchen, schließlich verabschiedete Lübbing sich, verstaute die Videos in seinem Rucksack und nahm Paula wieder auf den Arm. Plötzlich kam ihm ein Gedanke: „Du, ich habe in den nächsten Tagen viel zu tun. Könntet ihr beide nicht den Hund für ein paar Tage in Pflege nehmen?"

Die Reaktion seines Vaters kam prompt: „Nein, vergiss es. Da ist doch was oberfaul, wenn du etwas, das Helen dir anvertraut hat, abgeben willst." Die Stimme seines Vaters klang sowohl amüsiert als auch leicht empört: „Mit Sicherheit ist da dann etwas oberfaul. Du, ich bin zwar alt, aber noch nicht senil."

Leicht enttäuscht verließ Lübbing sein Elternhaus und wartete draußen auf sein Taxi.

*

Zwanzig Minuten später stand er, natürlich Paula auf dem Arm, in der Inspektion. Alle Mitglieder der Kommission schauten ihn neugierig an, Warnecke hatte sie vorab informiert. „Also?"

Lübbing setzte Paula ab, griff dann in seinen Rucksack und packte die Videokassetten auf den Konferenztisch. Die Polizisten schauten verwundert und ziemlich ratlos darauf.

Schröder meinte schließlich: „Don Camillo-Filme, und was soll das?"

Kerkhoff kommentierte spöttisch: „Das ist ein Beitrag zur Verbesserung unserer Arbeitsbedingungen. Einmal am Tag eine Komödie auf Video. Wahrscheinlich bekommen wir demnächst auch bunte Kugelschreiber."

Eine Handbewegung Warneckes ließ ihn verstummen. Lübbing sah dies als Aufforderung, etwas zu erklären. „Richtig Schröder, Don Camillo-Filme. Sehr populär Ende der fünfziger und Anfang der sechziger Jahre. Italienische Produktionen, aber auch in Deutschland sehr beliebt. Heute sozusagen Klassiker."

„Und was hat das mit unseren Mordfällen zu tun?", fragte Warnecke ungeduldig.

„Es haben mir zwei Personen unabhängig voneinander erklärt, dass in diesen Filmen der Name Pepito Sbazzeguti auftaucht."

Jetzt hatte er die ungeteilte Aufmerksamkeit der Beamten. Schröder meinte allerdings skeptisch: „Welche Personen?"

„Einmal mein Vater. Von ihm sind übrigens auch die Kassetten. Er ist ein Fan dieser Filme. Außerdem ein Hinweis von einer Italienerin."

Schröder insistierte wieder: „Was für eine Italienerin ?"

„Eine Angestellte im *Grand Café*, Maria heißt sie."

Kerkhoff prustete plötzlich los. „Was ist denn?", fragte Lübbing verwundert.

„Das wird wieder ein typischer Lübbing-Fall. Jetzt zieht er schon seine Familie zu den Ermittlungen heran, bringt Filme über einen italienischen Priester mit und beruft sich auf eine Maria. Maria, die Mutter Gottes, wir haben also göttlichen Beistand. Na, dann kann wohl nichts mehr schiefgehen." Kerkhoff lachte wieder los.

„Peter, es ist genug", fuhr Warnecke ihm streng in die Parade. Kerkhoff verstummte. „Es geht hier immerhin um zwei tote Menschen und wahrscheinlich um einen immer noch frei herumlaufenden Psychopathen. Etwas mehr Ernst bitte."

Insgeheim gestand Warnecke sich ein, dass ihn weniger Kerkhoffs Assoziationen als vielmehr der Begriff „Lübbing-Fall" geärgert hatte. Kerkhoff hatte das bestimmt nicht böse gemeint. Aber bei den beiden bisherigen Mordfällen, an deren Aufklärung Lübbing beteiligt war, war immerhin er der Leiter der Kommission gewesen. Von einem „Warnecke-Fall" sprach aber niemand. Er wischte die Gedanken beiseite.

„Ich finde das einen Fortschritt. Endlich können wir den Namen irgendwo einordnen." Er blickte Lübbing an. „Was willst du tun?"

„Wie gesagt, mein Vater und Maria sind sich völlig sicher, dass der Name in den Filmen vorkommt. Beide wussten allerdings nicht mehr in welchem. Ich möchte euren Videoraum benutzen, um mir die Filme anzuschauen."

Warnecke nickte: „Das geht in Ordnung. Du kannst gleich loslegen. Wenn du hier rausgehst, ist es auf dem Gang gleich die Tür gegenüber."

„Ähm", Lübbing räusperte sich, „ich würde jemanden brauchen, der mir die Bedienung des Gerätes erklärt." Kerkhoff verdrehte die Augen, erklärte aber: „Ich komme mit."

Einige Minuten später saß Lübbing allein in dem Raum. Kerkhoff hatte ihm auch noch gezeigt, wie das Gerät auf doppelte Abspielgeschwindigkeit einzustellen war. Dann hatte er zwar keinen Ton, sparte aber die Hälfte der Zeit beim Anschauen. Während er überlegte, wie er vorgehen sollte, beugte er sich vor und begann, Paula, der neben ihm auf dem Boden lag, den Nacken zu kraulen, ohne dass es ihm bewusst wurde. Erst das zufriedene Grunzen des Hundes machte ihn darauf aufmerksam und er zog die Hand schnell zurück. „Soweit kommt das noch, nicht mit mir", dachte er.

Da er keinen blassen Schimmer hatte, welcher Film der richtige war, sein Vater hatte ihm lediglich versichert, dass der Name einmal groß im Bild auftauchen würde, entschied er sich einfach, chronologisch vorzugehen. Er begann mit „Don Camillo und Peppone". Nichts. Bis mittags hatte er auch noch „Don Camillos Rückkehr" geschafft. Wieder nichts. Er hatte gerade mit „Die große Schlacht des Don Camillo" begonnen, als sich die Tür öffnete und Schröder und Kerkhoff den Raum betraten. Sie bauten sich hinter Lübbing auf und schauten mit ihm auf den Bildschirm. Zwei Minuten später betrat auch Bollmann den Raum. Plötzlich insistierte Schröder: „Halt Lübbing. Halt mal an und spule zurück. Die Szene kenne ich noch, die ist köstlich. Die MUSS man in Ruhe angucken."

Nach weiteren zehn Minuten kam Warnecke herein und fand ein heiteres Quartett vor.

„Was soll das denn hier? Wir haben doch wohl Wichtigeres zu tun!"

„Kurt", meinte Schröder trocken, „wir haben heute noch nicht einmal Mittagspause gemacht. Der Film ist wirklich köstlich und außerdem sehen vier Personen mehr als eine. Eigentlich müsste uns das hier als Überstunde angerechnet werden."

Warnecke bemerkte, wie Lübbings Schultern zuckten. Er schien zu lachen. Brummelnd meinte er: „Aber ihr seid pünktlich wieder an euren Schreibtischen!"

Dann schaute er einige Sekunden auf den Bildschirm und fragte schließlich: „Wart ihr eigentlich schon bei der Szene, in der dem Bürgermeister die Glocke auf den Kopf fällt?"

„Gerade vorbei, aber ich spule gern noch einmal zurück", antwortete Lübbing.

*

Dr. Laurenz war auf dem Weg zu Warneckes Kommission. Er musste wissen, wie weit die Ermittlungen fortgeschritten waren. Der Fall hatte mittlerweile auch außerhalb von Osnabrück Staub aufgewirbelt. Er hatte schon mehrmals erlebt, wie schnell sich dann so eine Sache verselbstständigen konnte. Die überregionale Boulevardpresse würde bald, mangels anderer Informationen, die Ermittlungen der Polizei kritisch und sensationsheischend kommentieren. Das würde wiederum Nachfragen von Vorgesetzten bedeuten, die er zu beantworten hatte. Da wollte er gewappnet sein. Warnecke musste ihn auf den neuesten Stand der Dinge bringen.

Er öffnete die Tür zum Konferenzraum der Kommission und stutzte. Das Zimmer war leer. Er schaute auf die Uhr. Die offizielle Arbeitszeit war noch nicht vorbei, aber er wusste, dass Warneckes Leute diese Zeiten sehr flexibel auslegten. Anfangs hatte er das mehrmals kritisiert und sogar überlegt, ob er dazu ein Memorandum verfassen sollte, aber nach einem Gespräch mit Warnecke hatte er diesen Gedanken wieder fallengelassen. Der hatte ihm trocken geantwortet: „Herr Dr. Laurenz, Sie können dieses Memo gerne schreiben. Aber dann bitte auch eines an die zukünftigen Täter. Sie möchten ihre Morde doch bitte so legen, dass wir unsere Arbeitszeiten genau einhalten können."

Dr. Laurenz ging zu Warneckes Büro, klopfte an und trat ein. Auch leer. Das war nun wirklich ungewöhnlich. Der Leiter einer Mordkommission war fast immer in seinem Büro. Er verließ den Raum und ging wieder auf den Flur. Er würde später noch einmal vorbeischauen. Plötzlich hörte er durch die gegenüberliegende Tür lautes Gelächter. Er betrat den Videoraum ohne anzuklopfen und glaubte, nicht richtig zu sehen. Die gesamte Kommission stand vor einem Bildschirm und lachte herzhaft. Warnecke mittendrin – und dann saß da auch noch dieser Journalist.

Über den Schirm flimmerte gerade eine Szene, in der ein Priester einen Panzer fuhr und eine Granate abschoss. Das Gelächter nahm zu. Eigentlich eine frohe heitere Szene, die sich dem Kriminaldirektor darbot, aber für Dr. Laurenz war es wie Dantes Inferno. Ein Jaulen ließ ihn zusammenzucken. Er schaute auf den Boden und sah einige Meter vor sich ein Tier liegen. „Ist das ein Hund?", dachte er.

Paulas Warnung hatte die Kriminalbeamten herumfahren lassen. Sie sahen ihren Chef mit einer ungesunden sehr roten Gesichtsfarbe vor sich stehen. Seine Unterlippe zitterte.

Lübbing schaltete das Videogerät aus.

Dr. Laurenz bebte innerlich vor Wut, versuchte aber, äußerlich ruhig zu bleiben.

„Warnecke, was hat das zu bedeuten?"

Aber Kerkhoff, der schon immer einen Hang zu einer gewissen Respektlosigkeit hatte, antwortete lapidar: „Wir ermitteln."

Dr. Laurenz wurde lauter: „So, Sie ermitteln also, indem Sie sich Pater-Brown-Filme angucken!"

Schröder verbesserte: „Don Camillo."

„Was?"

Geduldig wiederholte Schröder: „Das sind Don Camillo-Filme. Pater Brown waren die mit Heinz Rühmann."

Dr. Laurenz konnte nicht mehr. „Warnecke, kommen Sie bitte mit in Ihr Büro." Er drehte auf dem Absatz um und verließ den Raum. Warnecke folgte ihm, hinter sich hörte er die Beamten feixen.

In Warneckes Büro versuchte der Kriminaldirektor, sich zu beruhigen. Er öffnete den Knoten seiner Krawatte ein wenig, holte tief Luft.

„Warnecke, was ist los bei Ihnen? Sind denn alle wahnsinnig geworden? Die Mordkommission amüsiert sich im Videoraum, dass man das Gelächter noch draußen auf dem Kollegienwall hören kann."

Warnecke hob abwehrend die Hände. „Herr Doktor, der Schein trügt. Es geht wirklich um Ermittlungen zu den beiden Morden. Der wahrscheinliche Täter hat uns Material zugespielt. Unter anderem einen seltsamen Namen, der in einer dieser Komödien eine Rolle spielt."

„Und das soll ich Ihnen glauben."

„Es ist wirklich so. Es gibt zwei glaubwürdige Zeugenaussagen in dieser Richtung."

Dr. Laurenz beruhigte sich etwas. Dann fiel ihm ein: „Und was macht dieser Journalist, dieser Lübbing hier?"

Warnecke antwortete mit Bedacht: „Lübbing hat die Zeugen gefunden und die Videos besorgt."

„Wieso ist er überhaupt schon wieder dabei?", fragte Dr. Laurenz, immer noch misstrauisch.

Ausführlich erzählte Warnecke ihm von den Fotos, die Lübbing bekommen hatte, und von den seltsamen Hinweisen.

Der Kriminaldirektor wurde ruhiger. „Also gut, wenn das so ist ... aber es muss ja nicht gleich die ganze Kommission Videos gucken. Meinetwegen kann dieser Lübbing das zu Ende bringen, aber dann soll er hier verschwinden."

„Vollkommen klar, Herr Direktor."

„Und was ist das eigentlich für ein Tier da im Raum gewesen. War das ein Hund oder was?"

„Das war ein Hund."

Und was macht der hier und wem gehört er ...", der Direktor unterbrach sich und hob abwehrend die Hände, „nein, nein, antworten Sie jetzt nicht, ich ahne schon, wer das Tier mitgebracht hat."

Warnecke nickte verständnisvoll. Dr. Laurenz verschwand.

*

Kurz nach fünf Uhr steckte Lübbing den Kopf durch die Tür zum Büro der Kommission. Er hatte die letzten Stunden allein im Videoraum verbracht. Schlicht sagte er: „Ich habe die Szene mit dem Namen."

Schröder sprang auf und informierte Warnecke in seinem Büro. Kurz darauf standen alle vor dem Bildschirm.

Lübbing erklärte: „Es ist aus dem Film *Hochwürden Don Camillo*. Lübbing startete das Video. Die Beamten sahen eine Szene, in der ein Handwerker einen Namen von einer Geschäftstür kratzte und durch einen neuen ersetzte. Die beseitigten Buchstaben fielen auf den Boden. Kurz darauf kam Don Camillo und sammelte sie in einem Tuch auf. Nächste Szene: Don Camillo setzt aus den Buchstaben den Namen Pepito Sbazzeguti zusammen.

„Bingo", freute Kerkhoff sich.

Warnecke schüttelte bedenklich den Kopf: „Noch lange nicht. Was haben wir denn mehr als die Zuordnung dieses Namens zu einem Film, der vor wer weiß wie vielen Jahren gedreht wurde.

„1961", bemerkte Lübbing.

Schröder schlug sich auf Kerkhoffs Seite: „Kurt, aber es spielt ein Priester eine Hauptrolle, und bei der zweiten Leiche lag eine Soutane. Das sind doch eindeutige Hinweise."

„Das streite ich doch gar nicht ab, Holger. Aber es ist mir zu vage, wenn wir jetzt auf der völlig falschen Fährte sind, verrennen wir uns vollkommen."

Lübbing mischte sich ein: „Da ist noch etwas." Er ließ das Video ein beträchtliches Stück zurücklaufen, schaltete dann auf Wiedergabe. Die Szene zeigte Don Camillo, wie er am Ufer eines Flusses entlangwandert, dann seine Soutane auszieht, an den Uferrand legt und in Unterwäsche baden geht. Lübbing erklärte: „Der Film geht dann so weiter, dass Don Camillo die Soutane gestohlen wird, er sich in Unterwäsche nicht seinen Gemeindemitgliedern zeigen will und deshalb an das gegenüberliegende Ufer schwimmt. Eine Zeit lang glaubt dann jeder, er sei ertrunken. Also, in Unterwäsche ertrunken, Soutane am Ufer. Genau wie euer zweiter Mordfall."

Warnecke musste sich eingestehen, dass die Argumente der anderen nicht von der Hand zu weisen waren.

Bollmann fragte völlig deplatziert dazwischen: „Wie heißt eigentlich dieser Hauptdarsteller?"

Lübbing antwortete irritiert: „Fernandel, wieso?"

„Ach, kein besonderer Grund."

Sie nahmen die Diskussion wieder auf und versuchten, die Bedeutung dieses Hinweises zu begreifen.

„Wenn ich das alles richtig verstehe", sagte Warnecke schon fast überzeugt, „dann haben wir nach dem ersten Mord Hinweise auf den nächsten bekommen, haben das aber zu spät entschlüsseln können. Und nun müssen wir davon ausgehen, dass der neue Hinweis an Lübbing „Let's have a party - 20. Oktober 1937" schon den nächsten Toten ankündigen soll. Da spielt jemand mit uns. Wir hängen praktisch in der Luft. Dass wir das mit diesem Pepito rausbekommen haben, war doch zum größten Teil Glück."

Die Tür öffnete sich und Bollmann betrat wieder den Raum. Keiner hatte bemerkt, dass er ihn zwischenzeitlich verlassen hatte. Etwas verlegen bat er um Aufmerksamkeit. Er sprach zuerst Kerkhoff an: „Peter, bitte entschuldige, aber ich war mal mit deinem Computer im Internet."

Kerkhoffs Schulterzucken zeigte, dass er nichts dagegen hatte.

Dann sprach Bollmann: „Dieser Hauptdarsteller, dieser Fernandel, ist am 8. Mai 1903 geboren."

Das plötzlich eintretende Schweigen brachte mehr als alle Worte zum Ausdruck, dass ihnen bewusst war, hier ein wichtiges Puzzleteil ihrer Ermittlungen gefunden zu haben. Der 8. Mai 1903 hatte auf der Rückseite des ersten Polaroidfotos gestanden. Damit war klar, dass „Let's have a party" tatsächlich der neue Hinweis auf den nächsten Mord war.

7

Sorgfältig überprüfte der Mann seine Ausrüstung. Er glich seine Einkaufsliste mit den auf dem Tisch ausgebreiteten Utensilien ab. Dabei überlegte er zugleich, ob seine Besorgungen in den verschiedenen Geschäften unauffällig gewesen waren.

Die beiden Röhrchen Zitronat hatte er in einem Supermarkt erstanden, das dürfte keine Probleme verursachen. Auch der Einkauf in einem Sportfachgeschäft sicher nicht, er war einer von Dutzenden Kunden gewesen. Er musste lächeln, als er sich daran erinnerte, welches Glück er hier gehabt hatte. Eigentlich hatte er einen Satz Tennisbälle kaufen wollen, aber durch puren Zufall war er auf diese Bälle für Golf gestoßen. Sie waren kleiner, für seine Zwecke besser geeignet und die Festigkeit stimmte auch. In einem Fachmarkt für Autozubehör hatte er einen standardisierten Verbandskasten erstanden, so wie sie jeden Tag zu Dutzenden verkauft wurden. In der Haushaltswarenabteilung eines Kaufhauses hatte er schließlich eine Wäscheleine aus Plastik und noch Sicherheitsnadeln ausgewählt.

Probleme hatte er befürchtet, als er in einer Apotheke ein Fläschchen Chloroform kaufte. Aber die Angestellte ging ganz routinemäßig damit um und schien sich über ihn keine Gedanken zu machen.

Er verglich noch einmal die sorgfältig erstellte Liste mit den Einkäufen. Es war alles da. Er begann mit den letzten Vorbereitungen.

Die Zitronatröhrchen verschwanden in einer kleinen Außentasche seines Rucksacks. Das Set Golfbälle bestand aus fünf Exemplaren. Er befühlte sie alle, entschied sich für drei, die anderen warf er in den Müllschlucker. Dem Verbandskasten entnahm er die Mullbinde, Heftpflaster und eine Packung Watte, der Rest landete ebenfalls im Müll. Er schnitt von der Binde eine Reihe ungefähr zehn Zentimeter langer Stücke ab, legte drei Stücke nebeneinander und die nächsten drei quer darüber. Und das immer wieder von vorn. Nach mehreren Lagen betrachtete er das entstandene Quadrat und prüfte die Dicke. Dann heftete er es an jeder der vier Ecken mit einer Sicherheitsnadel zusammen.

Die Plastikleine schnitt er in zwei Teile. Eine Hälfte wanderte wiederum in den Müll, die andere wurde nochmals durchtrennt. Anschließend schnitt er ein etwa zehn Zentimeter langes Stück Heftpflaster ab. Alles wurde in dem Rucksack verstaut. Zum Schluss umwickelte er das Chloroformfläschchen mit Watte und legte es zuoberst in die Tasche. Er hatte ursprünglich überlegt, ob er die nicht benötigten Teile außer Haus entsorgen sollte. Aber es war ihm zu mühsam. Außerdem würde übermorgen wieder die Müllabfuhr kommen. Letztendlich rechnete er auch nicht damit, dass man ihm auf die Spur kommen würde, er hatte monatelang genau geplant. Er war sich seiner Sache so sicher, dass er sich zu dem Spielchen mit dem Journalisten entschlossen hatte, auch wenn es ihn wieder ärgerte, dass bisher noch nicht ein einziges Foto von den Opfern in der Presse erschienen war.

Den Rucksack brachte er in den Flur, dann ging er ins Bad. Nach einer ausgiebigen Dusche frottierte er sich ab und schaute in den großen Spiegel. Sein Körper hatte sich in den letzten Monaten verändert. Er war aufgedunsen, so wie in der Zeit seiner Krankheit. Aber schließlich hatte er wieder mit den Medikamenten angefangen wie damals, sie beruhigten. Ihn ärgerte besonders, dass sein Hang zur Korpulenz durch seine geringe Körpergröße immer allzu schnell sichtbar wurde. Dass sein Blick ständig hin- und herirrte und seine Augenlider flackerten, fiel ihm nicht auf. Er warf einen letzten Blick in den Spiegel und zuckte mit den Schultern, ändern konnte er sowieso nichts mehr.

In einem eleganten Hausmantel betrat er die Terrasse. Er hatte das einzeln stehende Haus mit großem Garten ganz bewusst angemietet, schaute jetzt über die leicht verwilderte Rasenfläche und die fast mannshohen Rhododendren, die das Grundstück umrahmten. Im hinteren Teil stand ein noch stabiles, aber auch schon leicht verwittertes Gartenhaus. Für ihn war der Garten groß und weit. Das war es, was er genoss, er hatte die Jahre der Enge, auch wenn sie lange zurücklagen, nicht vergessen. Er merkte seine Müdigkeit und beschloss, ins Bett zu gehen, nahm aber trotzdem noch zwei von seinen Tabletten.

In Gedanken spielte er erneut den morgigen Tag durch und dachte zufrieden: „Von meiner Seite aus ist alles getan." Der einzige Unsicherheitsfaktor war, ob sein „Mitspieler" plötzlich seine Gewohnheiten ändern würde. Aber das hatte er schließlich in all den Wochen, in denen er ihn beobachtet hatte, nicht getan.

Zufrieden drehte er sich auf die Seite und fiel in einen traumlosen Schlaf.

*

Lübbing war außen vor, einfach ausgebootet. Warnecke hatte es ihm am Donnerstagvormittag unmissverständlich, wenn auch mit einem gewissen Bedauern erklärt: „Lübbing, das ist eine eindeutige Anweisung von Dr. Laurenz, da kann ich nichts machen. Und außerdem, du hast selbst gesagt, du willst mit der Sache am liebsten nichts zu tun haben."

„Kurt, darum geht es auch nicht primär. Der Ton macht die Musik, und dieser Obermotz von Laurenz bläst schräg. Das macht mich wütend, er hätte wenigstens mal danke sagen können."

„Er kann dich nun mal nicht leiden, das weißt du doch - und dann läufst du auch noch mit diesem Hund hier auf. Das war zuviel."

Paula öffnete ein Auge und schaute Warnecke vorwurfsvoll an.

Lübbing beendete die Diskussion. „Okay, ich geh dann jetzt."

Er nahm Paula auf den Arm und wollte den Raum verlassen. In der Tür drehte er sich noch einmal um: „Ich melde mich dann, wenn bei mir wieder Post abzuholen ist."

Er ließ einen Hauptkommissar Warnecke mit hochrotem Kopf zurück.

*

Vor der Inspektion blieb Lübbing etwas ratlos stehen. Was sollte er machen? Am besten erst einmal ins „Grand Café" und einen

Eiskaffee trinken. Er war enttäuscht, Maria nicht zu sehen, wagte es aber nicht, eine der anderen Bedienungen nach ihr zu fragen. Nach 45 Minuten bestellte er den zweiten Eiskaffee, Maria war immer noch nicht da. Schließlich gab er es auf, bezahlte und trödelte zu seiner Stammbuchhandlung. Wenigstens dort hatte er Glück, sein bestellter Roman war eingetroffen. Dayna Dunbar „Die Heiligen und Sünder von Okay County“. Es war eines dieser Bücher, die man irgendwann mal im Geschäft zur Hand genommen, in der Leseecke kurz reingeschmökert und wieder zur Seite gelegt hatte. Und nach einigen Tagen merkte man, dass es einem nicht aus dem Kopf ging. Lübbing hatte schon oft mit solch einer Wahl einen sehr guten Griff getan.

Seine Stimmung hatte sich merklich gebessert. Spontan beschloss er, noch einmal sein Glück im „Grand Café“ zu versuchen, und erfreut stellte er fest, dass Maria inzwischen ihren Dienst angetreten hatte. Sie schaute sogar kurz herüber, lächelte und hob die rechte Hand zu einem etwas schüchternen Gruß. Lübbing war ziemlich perplex. Sollte das möglich sein, dass eine junge Frau, die noch nicht einmal dreißig war, ihn anbaggerte. Selbstzufrieden lehnte er sich in dem Stuhl zurück. Warum nicht? „Der Herbst hat eben auch noch seine sonnigen Tage“, dachte er.

Amando brachte ihm seinen Eiskaffee und hatte fürsorglich sogar eine Schale Wasser für Paula mitgebracht, den er mittlerweile wohl auch schon als Stammgast ansah.

Lübbing räusperte sich und fragte dann: „Amando, wie alt ist Maria eigentlich?“

„Sechsundzwanzig, Herr Lübbing.“

„Sie ist nett, nicht wahr“, setzte Lübbing nach.

„Sehr nett“, bestätigte Amando, „und sie findet Sie auch nett.“

„Ach“, Lübbing war erstaunt, aber fühlte sich auch geschmeichelt, „das hat sie Ihnen erzählt?“

„Ja, gestern Abend. Sie ist meine Cousine.“

„Ihre Cousine“, echote Lübbing, „und sie findet mich auch nett.“

Amando bestätigte: „Ja, Sie erinnern sie an ihren verstorbenen Patenonkel, hat sie gesagt. Das freundliche Lächeln, die beginnende Glatze und der leichte Bauchansatz. Ihr Onkel hatte sogar einen ähnlichen Hund, den musste man auch immer tragen."

Lübbing lief rot an. Glatze, Bauchansatz und dann auch noch Paula. Das war entschieden zuviel. Was war er nur für ein Idiot gewesen! Er beschloss, sofort zu zahlen und das Café zu verlassen. Paula herrschte er an: „Nun stell dich auf deine Beine und komm schon mit!" Dieses Mal gehorchte der Hund sogar. Amando und Maria sahen seinem überhasteten Aufbruch erstaunt zu.

Er ging nicht, er stürmte geradezu durch die Große Straße. Paula hechelnd hinter ihm her „Lübbing, du Riesenhornochse", dachte er. „Schau dich doch mal an. Oder nein, schau dich besser nicht an!" Morgen würde er alle Spiegel in seiner Wohnung mit Bettlaken verhängen, aber jetzt erst einmal in den „Grünen Jäger" gehen.

Der Wirt wirkte überrascht, als Lübbing die Gaststätte betrat. „Du bist heute aber früh dran."

„Ganz im Gegenteil, viel zu spät!"

„Wenn du meinst! Und was darf es sein?"

„Gib mir erst einmal ein Guinness, oder nein, besser ein Kilkenny. Nein, besser beides. Und wenn die Gläser leer sind, zwei neue. Ich sitze draußen im Biergarten."

Mit jedem Bier wurde Lübbings Stimmung düsterer. Es war einfach zu peinlich, welche Richtung seine Gedanken im Hinblick auf Maria eingeschlagen hatten. Vielleicht sollte er seinen Eiskaffee demnächst in der Caféteria eines Seniorenheims trinken, da hätte er wohl mehr Chancen. Dann wanderten seine Gedanken zu Helen. Die Frau, die ihm im Leben wirklich etwas bedeutete, war eine Lesbe, und dazu auch noch begehrenswert. Absolut begehrenswert, aber er war außen vor. Vielleicht sollte er eine Namensänderung beantragen. „Platon" würde angesichts seiner Situation ganz gut passen.

Als der Wirt das vierte Mal zwei Gläser Bier an seinen Tisch brachte, stierte Lübbing ihn nur noch an und fragte undeutlich: „Wo ist Paula?"

„Paula. Welche Paula? Du meinst doch nicht diese komische Promenadenmischung, die mich jetzt hinter der Theke nervt, weil sie mir ständig zwischen den Füßen rumläuft und die Bierreste vom Boden wegschlabbert, oder?"

„Das ist Paula."

„Wie bist du nur an solch einen Hund gekommen?"

Lübbing wurde lauter: „Das ist nicht mein Hund. Ich schenke ihn dir sogar, du kannst die Töle haben."

„Was soll ich denn mit so etwas? Küss ihn doch mal. Vielleicht wird ein Frosch daraus und den setzen wir dann in unseren Springbrunnen!" Der Wirt war auch merklich lauter geworden.

Bevor die Unterhaltung weiter eskalierte, wurde sie unterbrochen. Der Koch schaute aus der Tür und rief genervt in den Garten: „Kann jetzt mal endlich einer dieses Viech aus meiner Küche holen? Auf mich reagiert es nicht!"

Der Wirt legte Lübbing eine Hand auf die Schulter: „Lübbing, bei aller Freundschaft. Du holst jetzt den Hund aus der Küche, ich bestelle dir ein Taxi und dann geht es ab nach Hause. Und deine Paula hat Lokalverbot. Punkt. Aus!"

*

Er stand mit Helen oben auf den Klippen von Moher in Westirland. Seltsamerweise waren sie ganz allein, weit und breit keine anderen Menschenseelen. Auch der steinerne Aussichtsturm war nicht bevölkert. Lübbing beugte sich über die Brüstung aus großen Findlingen. Die Färbung des Wassers unter ihm war atemberaubend. Weiter draußen war es aquamarin, je näher die Wogen der Küste kamen, verwandelte sich ihre Farbe in ein dunkles Grün, bevor sie an den mächtigen Klippen als Gischt endeten. Er schaute zu Helen, um ihr von dem Anblick zu erzählen. Aber ihre Gesichtszüge begannen sich zu verändern, bis Undine vor ihm stand. Sie beschimpfte ihn wegen der schlechten Behandlung des Hundes. Plötzlich war auch Paula da, das Tier ließ wieder sein Werwolfknurren hören. Lübbing geriet in Panik, als Undine drohend mit einer Dose Bohnen in der Hand näher kam. Hektisch wählte er auf seinem Handy den Notruf. Das Telefon klingelte zwar, aber keiner nahm ab. Jetzt gleich würde Undine ihn erreicht haben ...

Lübbing wachte schweißgebadet auf. Das Telefon klingelte wirklich. Noch halb benommen von dem Albtraum griff er das Handy neben seinem Bett und meldete sich mit krächzender Stimme und belegter Zunge.

„Lübbing", er hustete.

„Hallo, Helen hier."

Er setzte sich auf und fasste sich sofort stöhnend an seinen Kopf. „Helen, wie geht ...", er musste schwer schlucken, „wie geht es dir?"

„Ach Lübbing, nicht so toll. Hatte mir das alles anders vorgestellt. Ich wäre jetzt lieber bei dir."

Lübbing konnte langsam wieder klare Gedanken fassen: „Was ist los? Bist du in Ordnung?"

„Nicht jetzt am Telefon. Wir reden darüber, wenn ich wieder da bin", erwiderte Helen. „Ach da kommst du ja, Undine, ich habe gerade Lübbing am Telefon. Wir wollen nur wissen, wie es Paula geht."

Lübbing vollzog den Themenwechsel sofort mit: „Helen, deshalb ruft ihr mitten in der Nacht an?"

„Es ist doch noch nicht einmal zwanzig Uhr."

Lübbing blickte auf seinen Wecker, sie hatte Recht.

„Aber ich habe schon im Bett gelegen."

Helen zeigte, dass sie ihn gut kannte „Du warst einen saufen, gib es doch zu."

Er ging darauf nicht ein: „Helen, sag deiner Freundin, die neben dir steht und die ich absolut nicht leiden kann, ihr Paula ist ein Monster. Den möchte ich nicht einmal als Bettvorleger haben. Er hat in ein Taxi gekotzt, ich bin seinetwegen aus einem Bus geflogen und im „Grünen Jäger" hat er Lokalverbot. Und das ist längst noch nicht alles." Zum Schluss hatte er sich richtig in Eifer geredet. Bevor er noch etwas sagen konnte, was ihm später leid tun würde, wünschte er knapp eine gute Nacht und drückte die Verbindung weg.

Erschöpft sank er wieder in die Kissen. Nach zwei Minuten meldeten sich die Kopfschmerzen. Er ging ins Bad, löste zwei Aspirin auf und trank das Glas schnell aus.

Auf dem Weg zurück blickte er finster zu Paula hinüber. Das Tier schlummerte friedlich.

8

Ludwig Brandt war bester Laune, als er das Tennisgelände verließ. Ein Blick zum Himmel zeigte ihm, dass es schon anfing zu dämmern, Zeit für einen Abendschoppen. Er hatte in der letzten Stunde souverän seinen Ranglistenplatz bei den Senioren des Vereins verteidigt. „Bist gut in Form, alter Knabe", lobte er sich in Gedanken selbst, während er auf sein Auto zustrebte. Er überlegte, wo er sein wohlverdientes Bier trinken solle. Bad Essen als Kurort bot zum Glück eine gute Auswahl an gastronomischen Angeboten, und er war überall ein gern gesehener Gast. Sein heiteres, ausgeglichenes Naturell hatte ihm, gepaart mit seiner Tätigkeit als Inhaber einer Buchhandlung, zu einem gewissen Ansehen verholfen. Zudem legte er Wert darauf, sich eine gewisse Bodenständigkeit zu bewahren, obwohl er neben seiner regionalen Arbeit mittlerweile als Feuilletonist für verschiedene renommierte Blätter bundesweit tätig war. Aber er lebte auch gern in dem heimeligen Ort, der sich an die Hänge des Wiehengebirges schmiegte. 15 Jahre war er nun schon hier.

Nachdem er die Sportutensilien im Kofferraum verstaut hatte und auf dem Weg zur Fahrertür war, sah er einen Mann am Rande des Parkplatzes stehen, der unschlüssig auf ein Stück Papier in seiner Hand blickte. Schließlich bemerkte dieser Ludwig Brandt und strebte auf ihn zu.

Brandt konnte ihn unschwer als Wanderer identifizieren. Wetterfeste Kleidung, konservativer Hut, einen Rucksack auf dem Rücken, stabile Schuhe und schließlich die unvermeidliche Kniebundhose. Der Mann war sozusagen ein Prachtbild von einem Wandersmann. Und was er in der Hand hielt sah sehr nach einer Wanderkarte aus.

Es passierte häufig, dass Wanderer in Bad Essen Einheimische nach dem richtigen Weg fragten oder nach der einen oder anderen Sehenswürdigkeit. Der Kurort war landschaftlich reizvoll eingebettet, und über die Höhen des Gebirges führte ein beliebter Wanderweg von Osnabrück bis in das westfälische Porta Westfalica.

Ludwig Brandt blickte dem Mann entgegen, der ihn noch im Gehen höflich ansprach:"Entschuldigen Sie bitte..." Aber noch bevor er den Satz zu Ende gesprochen hatte, schoss seine behandschuhte rechte Hand zwischen den Blättern der Wanderkarte hervor, stieß in Brandts Gesicht und drückte etwas Weiches auf seinen Mund und seine Nase.

Brandt hatte keine Chance. Er war sportlich und durchtrainiert, aber der Angriff kam zu überraschend. Außerdem drang ihm sofort ein intensiver, betäubender Geruch in die Atemwege. Die chloroformgetränkten Lagen Mull zeigten ihre Wirkung. Brandt ergriff den ausgestreckten Arm des Mannes, hatte aber schon keine Kraft mehr. Bewusstlos rutschte er an seinem Wagen langsam herunter und blieb auf dem Boden liegen.

Der „Wanderer" schaute sich schnell um, der Parkplatz war nach wie vor menschenleer. Er verstaute die Chloroformtücher in seinem Rucksack. Dann beugte er sich zu dem Bewusstlosen, durchsuchte kurz seine Taschen nach dem Autoschlüssel. Er öffnete eine Tür im Wagenfond und versuchte von der Rückbank aus, Brandt in den Wagen zu ziehen, indem er ihn unter den Achseln fasste. Es war schwieriger und anstrengender, als er gedacht hatte. Er selbst war klein und nicht sehr kräftig. Zweimal überkam ihn ein Anflug von Panik und er schaute hektisch durch die Scheiben nach draußen: Niemand zu sehen. Als er Brandt endlich hineingezerrt hatte, setzte er sich schnell an das Steuer und startete zügig los zur Lindenstraße, der Hauptdurchgangsstraße Bad Essens. Er musste jetzt durch das Zentrum, aber dank der getönten Scheiben würde niemand erkennen, wer das Fahrzeug lenkte. Er verließ den Ort, vorbei an der alten Wassermühle, die Serpentinen des Essenerberges hoch. Oben ging es in Richtung Kliniken, dann noch ein kurzes Stück und er erreichte ohne Probleme sein Ziel.

*

Ludwig Brandt wurde langsam wieder wach. Er fühlte sich benommen, hatte Kopfschmerzen und einen widerlichen Geschmack im Mund. Er wollte sich an den Kopf fassen, bekam aber seine Hände nicht nach vorn. Es dauerte einige Sekunden, bis er begriff, dass sie auf seinem Rücken zusammengebunden waren. Er war gefesselt. Erst jetzt öffnete er die Augen und erblickte einen Mann, der einige Meter von ihm entfernt in der Hocke saß, eine Zigarette rauchte und ihn interessiert betrachtete. Er begriff gar nichts. Dann registrierte er, dass er nur durch die Nase atmen konnte, sein Mund war mit irgendetwas verklebt, auch seine Beine waren an den Knöcheln zusammengebunden. Er schaute den Mann wieder an. Der hatte sich mittlerweile erhoben, war auf den Gefesselten zugetreten und drückte die Zigarette neben ihm aus. Die Kippe verstaute er sorgfältig in einem kleinen Metalletui. Brandt wandte den Kopf und erkannte, dass er an einem großen Findling quasi abgelegt worden war. Im Zwielicht der fortschreitenden Dämmerung sah er weitere Findlinge, die kreisförmig aufgestellt waren. Alle trugen Inschriften. Er wusste, wo er war. An dem Mahnmal für Kriegstote im Essenerberg.

Der Mann hatte ihn schweigend beobachtet. Nun sagte er: „Nein, wirklich kein schöner Platz hier, nicht wahr? Diese vielen Namen, alles sinnlose Tode. Und alle ungesühnt." Dann wurde seine Stimme lauter: „Aber sinnlose Tode gibt es nicht nur im Krieg. Die gibt es auch hier in unserem so friedlichen Alltag. Und sie sollten gesühnt werden! Habe ich Recht?"

Brandt schaute den Mann verständnislos an.

„Ich habe doch Recht, oder?", schrie er plötzlich los und trat Brandt ohne Vorwarnung mit der Schuhspitze in die rechte Seite. Der Gefesselte stöhnte auf und krümmte sich nach vorn. Dann schaute er wieder zu seinem Peiniger hoch, bemerkte den flackernden Blick, den Speichel, der sich in seinen Mundwinkeln gesammelt hatte. Er befürchtete das Schlimmste. Der Mann schien irre zu sein.

Urplötzlich veränderte sich die Haltung des Täters. Er schien sich zu entspannen und schaute Brandt bedauernd an, der sich bemühte, bloß nicht zu tief einzuatmen, um den Schmerz in der Rippengegend nicht zu verschlimmern.

„Tut mir leid, Ludwig", sprach er den Gefesselten an, „ich sollte im Augenblick nicht so grob zu dir sein, sicher tut dir noch der Kopf von der Betäubung weh."

Brandt schaute verwundert hoch. Der Mann kannte ihn. Ihm sagte das Gesicht überhaupt nichts.

„Aber du glaubst nicht, wie sie mit mir umgesprungen sind, wenn sie mich ruhiggestellt haben. Da war es nicht mit so einer kleinen Portion Chloroform getan." Er verzog das Gesicht zu einem höhnischen Grinsen: „Du weißt wohl überhaupt nicht, mit wem du es zu tun hast, nicht wahr? Aber keine Sorge, dazu kommen wir noch. Nur ein bisschen Geduld." Er fummelte eine Zigarette aus der Tasche und zündete sie an. Genussvoll inhalierte er und blies den Rauch wieder aus. Dann wandte er sich in einem dozierenden Ton wieder an den Gefesselten.

„Ludwig Brandt, Jahrgang 1961, glücklich verheiratet und liebender Vater einer Tochter, Sportskanone, beliebter Bürger dieses schönen Ortes, freundlich und nett im Wesen. Beruflich ein angesehener Geschäftsmann und überregional bekannt als Literaturkritiker, insbesondere auf dem Gebiet der Lyrik. Kein noch so kleiner schwarzer Fleck auf einer blütenreinen Weste. Oder vielleicht doch?" Er trat näher, Hass funkelte jetzt aus seinen Augen: „Erinnerst du dich nicht? War da nicht was?"

Der Mann fasste seine Kehle und drückte seinen Kopf nach oben. Brandt versuchte, sich dem Griff zu entwinden, und ließ ein unverständliches Stammeln durch den zugeklebten Mund hören, als sein Peiniger ihn plötzlich losließ und fast beiläufig sagte: „Also tatsächlich nichts. Nun, es ist ja bewiesen, dass der Mensch sein Überleben auch der Kunst des Verdrängens verdankt. Bei mir ist das anders. Ich lebe noch, *weil* ich mich immer erinnert habe, Herr Literaturkritiker. Willst du mal mein Lieblingsgedicht hören?"

Das Gesicht des Mannes näherte sich dem Brandts. Flüsternd sprach er ihm ins Ohr:

In einer finsteren Allee
ein todbleiches Gesicht.
Haar und Kleidung
verschmolzen mit dem Dunkel.
Ein Gesicht fließend
in der Flut der Nacht.
Der Mund offen

und die Augen.
Der Mund, die Augen,
furchtbar ist der Schrei,
der wortlose Ruf aus der Tiefe.

„Na, wie gefällt dir das? Ist doch mal was anderes als endlos euphorische Hymnen an die Liebe. Trifft in gewissem Grad auch auf deine derzeitige Situation zu."

Er trat zurück und rieb sich geschäftsmäßig die Hände. „Genug der Poesie, wir wollen schließlich weiterkommen." Er ging zu einem Rucksack und entnahm ihm ein paar Sachen. Dann beugte er sich wieder zu Brandt hinab. „Ich werde dir jetzt das Pflaster vom Mund nehmen. Aber du solltest dann nicht schreien. Erstens würde dich hier keiner hören und zweitens würde ich wieder wütend werden. Und ein Tritt in die Rippen ist sehr schmerzhaft, wie du schon erfahren hast."

Er riss das Pflaster auf der rechten Wange los, so dass der Mund frei war, ließ es aber links hängen. Brandt sog gierig die Luft ein. Dann stammelte er: „Was ... was wollen Sie? Ich kenne Sie doch überhaupt nicht."

„Pst", sagte der Mann und legte seinen Zeigefinger auf Brandts Lippen. Dann meinte er leicht tadelnd, wie ein gutmütiger Lehrer zu einem Schüler: „Ganz ruhig. Erstens ist das nicht richtig und zweitens sollte man die letzten Augenblicke seines Lebens nicht mit solchen banalen Gedanken verbringen."

Bevor Brandt überhaupt begriff, was diese Worte bedeuteten, fuhr die linke Hand des Mannes an seine Nase und hielt sie zu. Brandt schnappte automatisch mit geöffnetem Mund nach Luft. Im nächsten Augenblick wurden blitzschnell drei Bälle in seinen Mund gestopft und das Pflaster wieder über seine Lippen geklebt.

Todesangst erfasste den Buchhändler. Luft bekam er zwar noch durch die Nase, doch mit den Bällen im Mund fühlte er sich wie zugestopft. Einer war ziemlich weit in den Rachen gedrungen, und er fühlte Brechreiz aufkommen.

Der Mann schaute eine kurze Weile auf sein Werk und das verzweifelte Mienenspiel Brandts. Dann lächelte er: „Kommen wir nun zum Finale."

Mit einem Griff holte er aus seiner Tasche zwei kleine Röhrchen. Ziemlich roh rammte er sie Brandt in die Nasenlöcher. Damit war auch dieser Luftweg weitestgehend blockiert. Es ging ans Sterben.

Der Mörder betrachtete mit fast schon wissenschaftlichem Interesse den Todeskampf seines Opfers. Als er merkte, dass es dem Ende zuging, beugte er sich vor und flüsterte Brandt zwei Namen ins Ohr. Ein letztes Mal riss der Sterbende die blutunterlaufenen Augen auf und starrte seinen Mörder entsetzt an.

Das Letzte, was Brandt spürte, war das Gefühl, sich übergeben zu müssen, und der Rückfluss des Erbrochenen in seine Luftröhre. Dann war es vorbei.

Der Mörder machte seine obligatorischen Fotos, schaute sich noch einmal am Tatort um. Dann begab er sich zu seinem Mofa, das zweihundert Meter weiter in einem Gebüsch versteckt stand.

*

Die Leiche Brandts wurde erst am nächsten Mittag entdeckt. Zwar hatte ein Bekannter von ihm, der in Schledehausen arbeitete und der seinen Weg zur Arbeit immer durch den Essenerberg nahm, den Wagen des Buchhändlers am Morgen am Straßenrand stehen sehen, sich aber nichts weiter dabei gedacht. Er wusste, dass Brandt ein begeisterter Jogger war. Erst gegen ein Uhr, als er auf dem Weg zum häuslichen Mittagessen das Fahrzeug immer noch dort stehen sah, hielt er an. Er fand den Wagen unverschlossen vor. Das war ungewöhnlich, er wusste, wie eigen Ludwig mit dem Auto war. Er betrat den Pfad zum Mahnmal, aber nach einigen Metern wurde es ihm doch etwas unheimlich. Er rief ein paar Mal Brandts Namen in den Wald hinein. Keine Reaktion. Schließlich nahm er sein Handy und rief in Brandts Buchhandlung an.

„Guten Tag, Kaesmann hier", meldete er sich, „könnte ich bitte Ludwig Brandt sprechen?"

„Worum geht es denn?", kam die Gegenfrage.

„Ähem, ich bin ein Bekannter von ihm aus dem Tennisclub und wundere mich, dass sein Auto hier oben unverschlossen im Essenerberg steht. Ich wollte wissen, ob alles in Ordnung ist?"

„Wo steht das Auto?“

„Hier im Wald. Direkt, wo der Pfad zum Mahnmal von der Straße abgeht.“

„Herr Kaesmann, wir machen uns auch Sorgen um Ludwig. Er ist nicht zur Arbeit erschienen, obwohl heute Vormittag ein wichtiger Termin angesetzt war, und seine Frau hat auch schon mehrmals angerufen. Er war die ganze Nacht nicht zuhause.“ Es entstand eine kurze Gesprächspause, dann hörte Kaesmann: „Ich glaube, wir müssen uns jetzt entschließen, die Polizei anzurufen und den Fall zu schildern. Die sollen einen Wagen zu Ihnen hinschicken und sich die Sache mal ansehen. Sie sagten, direkt am Weg zur Gedenkstätte, oder?“

„Genau auf der gegenüberliegenden Straßenseite in der Parkbucht.“

„Warten Sie bitte da. Ich kümmere mich sofort darum.“ Die Verbindung wurde unterbrochen.

Kaesmann schaute sich um. Die ganze Sache war obskur und ihm nicht geheuer. Er setzte sich in seinenWagen und wartete auf die Polizei. Vorsichtshalber verriegelte er die Türen von innen. Der Streifenwagen kam nach einer guten halben Stunde. Kaesmann war sehr erleichtert.

9

Der Freitagmorgen begann für Warnecke und seine Leute positiv, obwohl es erst nicht so aussah. Zunächst wurde er schon um acht Uhr zu Dr. Laurenz beordert, was ihm gar nicht behagte. Derartige „Vorladungen“ brachten meist nichts Gutes. Außerdem hielten sie ihn von der Arbeit ab. Er hatte erst für neun Uhr eine Besprechung angesetzt und war früher gekommen, um Akten aufzuarbeiten. Daraus würde nun wohl nichts werden. Er seufzte, wappnete sich, klopfte bei Laurenz an, und auf sein „Herein“ betrat er den Raum.

Sprachlos blieb er stehen. Vor dem Schreibtisch von Dr. Laurenz saß, ihn über die Schulter anguckend, Kaiser. Jan Kaiser, der Revierleiter aus Belm, der an der Aufklärung eines zwei Jahre zurückliegenden Vermisstenfalls beteiligt gewesen war. Warnecke ging schnell auf ihn zu und schüttelte kräftig die angebotene Hand. Kaiser, der sonst gern den alten Brummbären heraushängen ließ, konnte seine Freude ebenfalls nicht verbergen. Dr. Laurenz unterbrach die herzliche Begrüßung, indem er Warnecke, begleitet von einer entsprechenden Handbewegung, erklärte: „Herr Hauptkommissar, Ihre gewünschte personelle Verstärkung.“

Warnecke schaute verwundert zwischen Kaiser und Dr. Laurenz hin und her. Laurenz bekräftigte: „Ja, Ihr neuer Mann, natürlich zeitlich auf den aktuellen Fall beschränkt. Habe mich persönlich dafür starkgemacht.“

„Ja, wenn überhaupt nichts mehr hilft, müssen die alten Säcke wieder ran.“ Kaiser zwinkerte Warnecke zu.

Dr. Laurenz war ob der burschikosen Art Kaisers etwas irritiert. „Hauptkommissar Warnecke, am besten Sie nehmen Ihren neuen Kollegen auf Zeit gleich mit und weisen ihn ein. Wie ich hörte und soeben feststellen konnte, kennen Sie sich bereits, dann sollte alles andere wohl kein Problem sein. Ach nein, Warnecke, bleiben Sie doch noch einen Moment hier.“ Er nickte Kaiser zu, der das völlig richtig verstand und aus dem Raum ging.

Laurenz schaute Warnecke eindringlich an: „Sie haben nun Ihre gewünschte Verstärkung. Jetzt müssen aber Resultate kommen“, generös fügte er hinzu, „ich kann Sie sonst nach oben nicht mehr lange decken und auch die Presse nicht mehr in Schach halten. Haben wir uns verstanden?“

Warnecke nickte. Er kannte diese Nummer schon, die Rolle als fürsorglicher Vorgesetzter, hatte sie Laurenz aber noch nie abgekauft.

„Also, haben Sie was Neues?“, wollte Laurenz nun wissen.

„Natürlich sind wir ein Stück weiter. Aber wir setzen uns gleich zusammen, um alles noch mal zu aktualisieren. Was halten Sie davon, wenn ich Ihnen gegen Mittag davon berichte? Sagen wir um eins.“

Dr. Laurenz nickte. Damit war Warnecke auch entlassen.

Jan Kaiser wartete vor der Tür. Bevor sie zu Warneckes Dienstzimmer gingen, zeigte er mit der Hand auf das Namensschild neben Laurenz' Büro: „Aalglatt, wie?“

„Zitteraalglatt“, bestätigte Warnecke.

Spontan streckte er Kaiser noch einmal die Hand hin. „Jan, ich freue mich wirklich, dass du jetzt dabei bist.“ Dann blickte er auf die Uhr. „Wir haben noch vierzig Minuten, bis die anderen Kollegen kommen. Schröder müsstest du übrigens noch aus dem Belmer Fall vor zwei Jahren kennen. Ich werde dir bis zur Besprechung schon mal einen groben Abriss über die vorgefallenen Dinge und unsere Ermittlungen geben. Damit du schon einmal im Bilde bist.“

*

Kaiser und Warnecke unterhielten sich angeregt, bis die anderen Mitglieder der Kommission eintrafen. Dann beendete Warnecke das Gespräch: „So, das soll es erst mal gewesen sein. Ich stelle dich jetzt den anderen Kollegen vor.“

„Und noch etwas“, fuhr Warnecke fort, „bis vorgestern hat Lübbing mitgemischt. Aber der ist jetzt außen vor, Anweisung von Laurenz.“

Kaiser staunte: „Schon wieder Lübbing, ihr seid in den letzten Jahren ja fast schon ein Team geworden."

Warnecke schüttelte unwillig den Kopf, erklärte Kaiser, wie Lübbing in die Sache reingerutscht war, und fügte hinzu: „Allerdings muss ich zugeben, dass er mal wieder seiner Fantasie freien Lauf gelassen und uns dadurch einen Schritt weitergebracht hat. Ob der entscheidend ist, wissen wir allerdings nicht. Jan, ich weiß, dass du und Lübbing so etwas wie alte Kumpel seid. Und ich kann nicht verhindern, dass ihr euch privat trefft oder er dir über den Weg läuft. Aber egal was Lübbing fragt, du musst den Mund halten. Für Laurenz ist er schon länger ein rotes Tuch und jetzt auch noch die Geschichte mit dem Hund."

„Was für ein Hund? Lübbing hat einen Hund?"

„Ja, oder jedenfalls so etwas Ähnliches, aber frag ihn doch nächstes Mal selbst."

Kaiser sagte nichts mehr, sondern nickte nur verständnisvoll.

*

Jan Kaisers Begrüßung durch die Kollegen verlief kurz und formlos. Man stieg sofort in die Materie ein. Dieses Mal konnte Bollmann einen Schritt nach vorn verkünden. Er hatte trotz aller anderen Ereignisse weiterhin die Spur des Stempels verfolgt und war fündig geworden. Die Angestellte eines kleinen Fachgeschäftes, das sich ausschließlich auf Stempel und Gravuren spezialisiert hatte, konnte sich an einen derartigen Auftrag erinnern. Dank einer zwar altmodischen, noch handschriftlich geführten, aber peniblen Auftrags- und Kundendatei war die Bestellung schnell gefunden.

Bollmann hielt eine Zellophantüte hoch, in der sich ein Blatt Papier befand: „Das Datum passt. In Auftrag gegeben nach dem ersten Mord und abgeholt einen Tag, bevor Lübbing die erste ominöse Post erhielt."

Schröder fragte: „Haben wir die Adresse des Kunden?"

„Schon gecheckt, ist leider frei erfunden. Aber wir haben seine Unterschrift auf dem Auftragsschein. Natürlich auch mit dem falschen Namen, aber vielleicht können die Graphologen etwas damit anfangen."

„Dazu brauchen wir aber erst einmal den Täter oder wenigstens eine schriftliche Gegenprobe von ihm", wandte Kerkhoff resigniert ein.

Allgemein gemurmelte Zustimmung, nur Bollmann hatte noch einen Trumpf im Ärmel. „Die Angestellte des Geschäftes ist sich absolut sicher, diesen Mann wiederzuerkennen, wenn sie ihn noch einmal sieht. Er war sehr nervös, auffällig klein und vor allem wirkte er irgendwie konfus. Ein seltsamer Blick sagte sie. Was immer das bedeuten mag, war nicht aus ihr rauszukriegen. Aber sie schwört Stein und Bein, dass sie ihn wiedererkennt."

Warnecke nickte anerkennend: „Gute Arbeit, sie soll schnellstens unsere Dateien durchschauen und sich auch mit einem Graphiker an den Computer setzen."

„Ist schon für den morgigen Samstagvormittag veranlasst."

„Warum erst morgen?", Warnecke war nicht begeistert.

„Na ja, ich dachte, wir peppen unsere Dateien erst noch etwas auf. Zum Beispiel mit im weitesten Sinne ähnlich gelagerten Fällen von den Nachbarkollegen, insbesondere aus Italien. Vielleicht haben wir es wirklich mit einem Italiener zu tun. Der komische Name, der auf die Don Camillo-Filme hinweist. Allerdings sagte mir die Angestellte, dass der Kunde akzentfreies Deutsch gesprochen habe. Aber einen Versuch ist es wert, meine ich. Und wenn ich mich jetzt sofort darum kümmere, könnte morgen die ganze Angelegenheit mit frischen Dateien über die Bühne gehen."

„Gut, so machen wir es", entschied Warnecke.

Schröder präsentierte den endgültigen Bericht über die Spuren am Tatort des letzten Mordes. Sie waren nun zwar noch detaillierter beschrieben, brachten allerdings nichts grundlegend Neues. Kerkhoff „tobte", wie er es nannte, weiterhin durchs Internet, aber bisher ohne Resultat. Nach einer Stunde entschied Warnecke, die Besprechung zu beenden.

„Gut, ihr macht jetzt eure Berichte, ich muss damit nachher zu Dr. Laurenz. Noch ein Letztes. Ist jemand mit seinen Gedankenspielchen zu *Let's have a party* weitergekommen?"

Kaiser, der bisher nur zugehört hatte, zeigte sich nun erstaunt: „Was war das?“ Warnecke hatte ihn ja nur in groben Zügen informiert. Den Rest wollte er sich am Wochenende aus den Akten erlesen.

„Ja, wir können damit auch nichts anfangen“, antwortete Warnecke. „Aber *Let's have a party* war die letzte Mitteilung von dem Mörder. Und neben dem Spruch wieder so ein obskures Datum.“

„*Let's have a party* war ein Riesenhit von Wanda Jackson“, meinte Kaiser.

„Von wem?“, kam es von Kerkhoff.

„Wanda Jackson, aber das war vor deiner Zeit. Irgendwann in den Fünfzigern, glaube ich.“

Kerkhoff schwenkte seinen Bürostuhl zum Computer und hämmerte auf der Tastatur herum. „Schröder, gib mir mal das Datum, das auf diesem Foto stand.“

Schröder blätterte in der entsprechenden Akte, während Kerkhoff weiter Seiten im Internet aufrief. Alle anderen schwiegen gespannt. Schließlich nannte Schröder das Datum: „20. Oktober 1937.“

Es dauerte keine dreißig Sekunden bis Kerkhoff meldete: „Der 20. Oktober 1937 ist das Geburtsdatum von Wanda Jackson.“

Schröder stieß spontan einen Pfiff aus. Warnecke schlug mit der flachen Hand auf die Stuhllehne: „Verdammt, wieder so ein Hinweis auf einen toten Künstler!“

„Halt, halt, Kurt“, meldete sich Kerkhoff. „Laut dieser offiziellen Website lebt sie noch. Sie scheint sich sogar bester Gesundheit zu erfreuen. Hier sind Tourneedaten angegeben, die ganz aktuell sind.“

„Will er jetzt vielleicht diese Sängerin umbringen?“, fragte Bollmann entsetzt.

„Wohl kaum“, antwortete Kerkhoff trocken, „denn dann hat er nicht nur uns am Hals, sondern auch noch das FBI. Sie tourt gerade durch den amerikanischen Mittelwesten.“

Er las einige Stationen vor: „Omaha, Topeka, Tulsa. Ihr *Heartland* nennen das die Amerikaner, glaube ich.“

Schröder ergriff das Wort: „Ich glaube auch, dass das eher wieder einer dieser vertrackten Hinweise auf den nächsten Mord an irgendeiner anderen Person ist." Dann fuhr er fort: „Aber wir sind dieses Mal ein wenig im Vorteil."

Die anderen schauten ihn erstaunt an. Warnecke forderte Schröder auf: „Erkläre es."

„Na ja, dieses Mal haben wir ein Teil des Rätsels schon gelöst, bevor der Mord passiert ist. Auf den ersten Mord hat er uns ja vorher nicht aufmerksam gemacht, beim zweiten haben wir noch Tage danach an dem Hinweis rumgerätselt. Ich finde, das ist ein Fortschritt."

„Und was sollen wir deiner Meinung nach tun?", fragte Warnecke seinen Kollegen.

„Nachdenken. Nachdenken über *Let's have a party*, Wanda Jackson und ihr Geburtsdatum." Schröder wandte sich an Kerkhoff: „Peter, quetsch doch deinen Computer über alles aus, was er über diese Sängerin hergibt. Querverweise zu anderen Seiten. War sie mal in Deutschland? Gibt es noch Fanclubs. Bollmann und ich können dir helfen. Ausdrucken, was es gibt. Das Sortieren übernehmen wir." Er nahm sich zurück, wunderte sich selbst über seine Forschheit und blickte Warnecke an: „Ist dir das so recht, Kurt?"

Der überlegte einen Augenblick. „Doch, das ist okay so. Ich muss gleich sowieso zu Dr. Laurenz, und du", er schaute Jan Kaiser an, „könntest dich intensiv mit dem bisherigen Aktenmaterial beschäftigen. Je schneller du völlig auf dem Laufenden bist, desto besser. Also an die Arbeit."

Die Kommission legte mit neuem Elan los. Schröder hatte ihnen die Möglichkeit aufgezeigt, dieses Mal vielleicht schneller als der Mörder zu sein.

Ein Hoffnungsschimmer, der nur noch drei Stunden dauern sollte.

*

Warnecke glaubte, die Tortur hinter sich zu haben. 45 Minuten lang hatte er Dr. Laurenz berichtet. Weitere 45 Minuten hatte er vorher allein in seinem Büro verbracht, um sich eine Strategie zurechtzulegen. Er musste ein wenig täuschen, dass wusste er.

Zunächst entschuldigte er sich wortreich, dass es noch keinen schriftlichen Bericht gäbe. Aber sein Team säße gerade aktuell an einer neuen Spur, was nicht einmal gelogen war, und dieser Arbeit hätte er den Vorrang vor Berichten gegeben.

Dr. Laurenz nickte.

Warnecke konnte dieses Nicken mittlerweile gut einschätzen. Dr. Laurenz nickte gerne, aber auf zwei verschiedene Arten. War es ein langsames, bedächtiges Nicken, sollte es zeigen „nach eingehender Prüfung akzeptabel“, war es ein kurz angebundenes, ruckartiges Nicken, bedeutete es: „Sie können gehen“. Es gab noch andere gut einzuordnende Signale: Lehnte Laurenz zum Beispiel etwas ab oder missbilligte es, stieß sein Kinn blitzschnell nach vorn.

Das aktuelle Nicken war langsam und bedächtig. Warnecke hatte die erste Klippe umschifft.

Nun berichtete er von der „Stempelspur“, es war tatsächlich im Augenblick das Beste, was sie hatten. Er vergaß auch nicht den Hinweis, dass deshalb sogar am morgigen Samstag Ermittlungen durchgeführt würden.

Langsames, bedächtiges Nicken.

Nun kam das heikelste Thema. Die Inszenierungen der Morde. Sie hatten die Symbole des Täters nun in zwei Fällen entschlüsselt, aber keinen Hinweis auf das Warum und auf seine Person. Warnecke hatte sich entschieden, zum „Let's have a party“-Thema nichts zu sagen, stürzte sich dagegen mit Vehemenz auf „Don Camillo“ und erging sich auch in zahlreichen Einzelheiten. Am Ende war Dr. Laurenz etwas verwirrt, hatte aber eine viel bessere Kenntnis über Fernandel und würde sein Lebtag nicht vergessen, dass der Schauspieler Heinz Rühmann Pater Brown gemimt hatte.

Warnecke war fertig und wartete nun auf die Reaktion von Dr. Laurenz.

Ein langsames, bedächtiges Nicken. Obwohl, zeigte sich da nicht einen Moment ein zweifelnder Blick?

Warnecke fand, dass es Zeit war zu verschwinden. Er erhob sich und sagte aufgeräumt: „Na, dann mache ich mich mal wieder an die Arbeit.“

Da im Augenblick auch das Telefon klingelte, war das Nicken von Dr. Laurenz kurz und ruckartig. Er konnte also gehen.

Er hatte gerade die Türklinke gefasst, als in seinem Rücken Dr. Laurenz mit schneidender Stimme rief: „Warnecke, bleiben Sie hier!"

Der Kommissar drehte sich um und sah einen Kriminaldirektor mit hochrotem Kopf, der zwischen schmalen Lippen herauspresste: „Gute Spuren, wie? Was erzählen Sie mir da? Mag ja sein, aber Sie sind einfach nicht schnell genug. Wir haben wieder eine Leiche. Ähnliches Schema wie bei den anderen, in Bad Essen."

Warnecke fühlte sich wie ein Hochseilartist ohne Fangnetz, der gerade den Balancestab verloren hatte.

*

Lübbing wachte am Freitagmorgen völlig verkatert um sechs Uhr auf. Er hatte nach Helens Anruf weitere zehn Stunden geschlafen, trotzdem machten ihm höllische Kopfschmerzen zu schaffen und er fühlte sich schmuddelig. Eine Dusche würde Abhilfe schaffen, aber zuerst müsste er Tee aufbrühen und ziehen lassen. Paula rührte sich trotz der frühen Stunde ebenfalls. Er ging zum Kühlschrank. Da er keine Lust hatte, jetzt wieder mit dem Hund einen Kampf wegen des Müslis auszufechten, nahm er kurzentschlossen einige Scheiben gekochten Schinken aus einer Packung, legte sie in den Fressnapf und stellte dem Tier auch Wasser hin. Paula schnüffelte misstrauisch an dem Dargebotenen. Lübbing brummelte: „Das ist Virginiaschinken, du Luxushund. Friss oder stirb, was anderes gibt es nicht."

Als er nach einigen Minuten, sich noch frottierend aus dem Bad kam, stutzte er. Der Fressnapf war komplett leer, Paula saß vor dem Kühlschrank und schaute ihn erwartungsvoll an. Lübbing dachte: „Aha, von wegen Vegetarier." Er gab dem Hund noch einmal zwei Scheiben Schinken. „Wenn das deine Herrin sehen könnte! Das wäre mir ein innerlicher Vorbeimarsch." Paula aß den Schinken mit sichtbarem Genuss, legte sich wieder auf seine Decke und schloss die Augen.

Was sollte er die nächsten Tage machen? Lübbing hatte Lust auf einen Wochenendtrip. Ruhe, Ausspannen, die Seele baumeln lassen. Aber da war Paula. Dann kam ihm die Eingebung. Er würde sich kurzerhand bei seinen Eltern einladen. Da war er immer willkommen. Und wenn Paula Zicken machen sollte, würde er einfach im großen Garten „ausgesetzt". Er rief bei seinen Eltern an und avisierte seinen Aufenthalt. 45 Minuten später saß er schon mit seinem Rucksack und Paula im Taxi nach Belm. Dieses Mal bat er den Fahrer, langsam zu fahren.

10

Hauptkommissar Warnecke fuhr am Montagmorgen schlecht gelaunt auf den Innenhof der Polizeiinspektion. Er erwartete von den kommenden Stunden das Schlimmste. Besonders vor der Begegnung mit Dr. Laurenz graute ihm und die ließ sich mit Sicherheit nicht vermeiden. Die Dinge hatten über das Wochenende katastrophale Ausmaße angenommen. Nicht nur, dass der Mord dieses Mal besonders perfide und brutal ausgeführt worden war, selbst Warnecke als „alter Hase" war nach der Besichtigung des Tatortes mit der Leiche erschüttert gewesen.

Auch sonst lief das Geschehen allmählich aus dem Ruder. Hatte die regionale Presse in ihren Samstagsausgaben nur relativ kurz berichtet, der Mord war zeitnah mit dem Redaktionsschluss bekannt geworden, so schlug die überregionale Boulevardpresse am Sonntag voll zu. Der „Komet", ein in Hamburg beheimatetes Schmuddelblatt, tat sich besonders hervor. Unter dem reißerischen Titel „Grausame Morde an unbescholtenen Bürgern – Osnabrücker Bevölkerung zutiefst verunsichert!" fand sich auf Seite drei ein Artikel mit der üblichen Mischung aus diffusen Vermutungen und Spekulationen. Natürlich kamen auch wieder sogenannte redliche, unbescholtene Osnabrücker Bürger zu Wort, die ihr Unverständnis über die Polizei ausdrückten. Das klang dann so: „Rüdiger S. (47), Arbeiter aus dem Stadtteil Dodesheide: *Unfassbar, dass diese Morde noch nicht aufgeklärt sind. Wozu zahlen wir denn Steuern? Ist die Polizei wirklich so unfähig? Man mag ja nicht mehr auf die Straße gehen!*" Aufgepeppt wurde das Ganze noch mit einem Foto von einem der Tatorte, etwas unterbelichtet, damit es besonders düster aussah.

Warnecke wusste, dass Laurenz auf Schmähkritiken in der Presse geradezu allergisch reagierte. Da würde noch einiges auf ihn zukommen. Zudem hatte auch die Fotosichtung durch die Angestellte des Stempelgeschäftes nichts gebracht. Sie war sich absolut sicher, dass der gesuchte Mann nicht in den Alben war. Den Beamten blieb nichts anderes übrig, als am Computer nach ihren Angaben ein Phantombild zu erstellen.

Der Hauptkommissar seufzte, stieg aus dem Wagen und machte sich auf den Weg in sein Büro. Dort lagen bereits die Ergebnisse der Spurensicherung, der Gerichtsmedizin und des Labors. Lustlos blätterte er in den Akten. Tod durch Ersticken. Na. Das hatte er auch schon am Tatort erkannt. Dieses Mal schien der Fundort tatsächlich der Tatort zu sein. Im Todeskampf hatte das Opfer seine Hände wohl in den Boden verkrampft. Der Schmutz an den Fingern und unter den Fingernägeln war identisch mit dem Waldboden, auf dem er gesessen hatte. Interessant schien Warnecke nur der Fund einer Zigarettenkippe, die nach Aussage des Labors noch nicht lange dort gelegen haben konnte. Aber war sie tatsächlich vom Täter? Sie konnte auch von einem harmlosen Besucher des Mahnmals stammen. Die Utensilien, die zur Tötung des Mannes benutzt worden waren, konnten aus allen möglichen Geschäften stammen, es war handelsübliche Massenware.

Das Opfer war ein unbescholtener, sogar angesehener Bürger Bad Essens. Soweit sich das nach den ersten Befragungen am Wochenende absehen ließ, gab es kein einleuchtendes Motiv, ihn zu ermorden. Hatten sie es wirklich mit einem Psychopathen zu tun, der seine Opfer willkürlich auswählte, aus reiner Mordlust handelte? Aber warum dann diese aufwändigen Inszenierungen? Oder war dieser Mensch wirklich nur schlichtweg verrückt?

Es klopfte und Jan Kaiser betrat den Raum. „Morgen Kurt."

„Morgen."

„Schöne Presse gestern, oder?" Kaiser hatte den „Komet"-Artikel also auch gelesen.

„Ein absolutes Scheißblatt!"

„Da hast du Recht. Aber es liegt nun mal am Sonntag auf Tausenden von Frühstückstischen."

Kaiser legte die Akten der ersten beiden Fälle auf Warneckes Schreibtisch. Er hatte sich am Wochenende eingelesen. Warnecke schob ihm den Ordner zu dem neuen Mord rüber. „Hier, damit kannst du gleich weitermachen."

Kaiser blätterte nur flüchtig in den Seiten herum. Er wollte sich nachher in Ruhe und konzentriert damit beschäftigen. Plötzlich stutzte er.

„Das ist seltsam."

„Was ist seltsam?", wollte Warnecke wissen.

„Der Jahrgang, geboren 1961. Das sind die anderen beiden auch."

„Was?"

„Ja, Köhler, Pfitzner, Brandt. Jedes Opfer war Jahrgang 1961, 45 Jahre also."

Jetzt hatte Kaiser Warneckes ungeteilte Aufmerksamkeit. „Jan, kannst du die Akten noch einmal durcharbeiten. Vielleicht gibt es noch mehr Parallelen. Es kann zwar nur Zufall sein, aber wenn wir noch mehr Gemeinsamkeiten finden, möchte ich, dass wir konkret nachhaken."

„Kein Problem, ich mach mich sofort daran."

Warnecke spürte seinen alten Elan zurückkommen, und seine Laune besserte sich auch. Dann dachte er an Dr. Laurenz, und seine Miene verfinsterte sich wieder.

*

Entschieden besserer Laune war Lübbing am Montag. Es waren angenehme, geruhsame Tage in Belm gewesen. Er hatte viel im Garten oder auf der Terrasse gesessen, gelesen und an einem Abend seiner alten Stammkneipe einen Besuch abgestattet. Das alles half ihm, die Geschichte mit Maria zu verarbeiten. Je länger er darüber nachdachte, um so weniger schien sie ihm peinlich. Maria konnte er ohnehin keinen Vorwurf machen, sie hatte ohne Arg ihrem Vetter den Grund ihrer Sympathie für Lübbing erzählt. „Du bist nun mal ein älterer Mann", dachte Lübbing, „aber verhalten hast du dich wie ein alter Bock." Er war in ein Fettnäpfchen getreten, das er sich selbst gestellt hatte. Lübbing beschloss, damit die Sache auf sich beruhen zu lassen. Er würde Maria unbefangen und freundlich behandeln. Der nächste Gedanke ließ ihn schmunzeln: „Ein netter, freundlicher Patenonkel. Die Rolle ist ja nicht neu für mich." Ihm fiel eine Songzeile von Tracy Chapman ein: „I lose my head from time to time, I make a fool of myself in matters of the heart."

„Sollte ich mir in nächster Zeit mal wieder anhören“, dachte er.

Ganz überraschend war das Verhalten von Paula während dieser Tage gewesen. Der Hund begann, sich normal zu benehmen und hatte vor allen Dingen Lübbings Mutter schnell ins Herz geschlossen. Sie hatte, nicht ahnend, dass Paula einen speziellen „Ernährungsplan“ hatte, dem Tier zur Begrüßung gleich ein paar Scheiben Wurst gegeben. Paula hatte sogar versucht, mit dem Schwanz zu wedeln. Lübbing ließ seine Mutter gewähren. „Soll er doch fressen, was ihn glücklich macht - wenn ich dadurch Ruhe habe“, dachte er. Als es dann am Mittag auch noch die Reste der Beinscheibe aus dem Eintopf für den Hund gab, war Lübbings Mutter eindeutig Paulas Favoritin. Auch sonst zeigte das Tier mehr und mehr normale Verhaltensweisen. Paula hatte zumindest die ersten zehn Meter des großen Gartens seiner Eltern erkundet, und einmal konnte Lübbing sogar beobachten, wie der Hund tatsächlich versuchte, nach einem dicken Brummer zu schnappen, der ihm zu nahe gekommen war.

Zufrieden stieg Lübbing am Neumarkt aus dem Taxi. Paula verließ das Fahrzeug völlig selbstverständlich und trottete, als wäre es die normalste Sache der Welt, hinter Lübbing die Große Straße entlang. Im „Grand Café“ nahm Lübbing die Neue Osnabrücker Zeitung zur Hand und wollte es sich gerade gemütlich machen, als ihn die Schlagzeile erstarren ließ. „MORD IM ALTKREIS WITTLAGE - WAR ES WIEDER DER PSYCHOPATH? Seine gute Laune war schlagartig vorbei, er mochte überhaupt nicht daran denken, was sein Briefkasten an einem der nächsten Tage wahrscheinlich wieder beinhalten würde.

*

Warnecke war wider Erwarten noch nicht zum Rapport bei Dr. Laurenz einbestellt worden. Er saß in seinem Büro, als Kaiser den Kopf durch die Tür steckte.

„Ich habe da noch etwas gefunden, Kurt.“

Gespannt blickte der Hauptkommissar seinen Kollegen an: „Und?“

„Die drei Opfer sind alle einige Jahre auf dieselbe Schule gegangen."

„Was?", entfuhr es Warnecke entgeistert.

„Ja, alle haben das Georg-Förster-Gymnasium in Belm besucht."

Warnecke stand auf: „Endlich mal was Konkretes. Komm mit rüber zu den anderen, die müssen das auch wissen."

Im Nebenraum berichtete Kaiser noch einmal, was er recherchiert hatte. Schröder fragte: „Wie bist du darauf gekommen?"

„Nun, bei Köhler und Brandt ist Belm als Geburtsort angegeben. Bei Pfitzner ist es zwar Kleve. Aber ein Anruf bei seiner Frau hat da für Klärung gesorgt. Er ist mit seinen Eltern noch als Kleinkind nach Belm gezogen. Und der Gedanke an die Schule lag nahe, weil sie doch alle derselbe Jahrgang sind."

Kerkhoff mischte sich ein: „Du kommst doch auch aus Belm. Kanntest du sie?"

„Nein. Erstens bin ich einige Jahre älter als sie. Und zur Schule gegangen bin ich erst in Vehrte und später in Osnabrück zur Realschule."

Warnecke beschloss, ganz konkret an die Sache ranzugehen: „Lasst uns überlegen, wie wir vorgehen und was wir an weiteren Informationen brauchen." Ein reger verbaler Austausch setzte ein. Nach zwanzig Minuten betrachtete Warnecke, was auf seinem Notizzettel vor ihm stand.

- Beziehungen der drei Opfer untereinander: Welche? Wann? Cliquen, Freundschaften?

- Recherche an Schule: Informationen über die Opfer als Schüler. Genaue Schulzeiten?

- Außergewöhnliche Ereignisse im entsprechenden Zeitraum: Wenn ja, welche?

Er räusperte sich, las seinen Kollegen die Notizen vor und fragte dann: „Wie kommen wir am besten an diese Informationen heran?"

Schröder meinte: „Wir sollten mit den Recherchen an der Schule, beziehungsweise am Schulamt beginnen. Das mit der Schulzeit dürfte nicht so schwer sein. So etwas wird doch irgendwo archiviert, oder?"

Bollmann mischte sich ein: „Schüler- oder noch besser Klassenlisten wären gut. Von da aus könnten wir zu den Mitschülern gelangen. Vielleicht können wir die eine oder andere Erinnerung im Gespräch ausgraben."

Warnecke nickte und ergänzte: „Alles richtig. Aber wir müssen mit Hochdruck daran arbeiten. Wir wissen doch nicht, was dieser Irre noch alles vorhat."

Das Telefon klingelte, Schröder nahm ab und hielt den Hörer dann seinem Chef hin: „Für dich - Lübbing."

Warnecke meldete sich nur mit einem kurzen Gruß und fragte sofort: „Hast du schon Post?"

Warnecke hörte mit gerunzelter Stirn zu: „Du hast also noch nicht nachgesehen."

Bevor er eine weitere Antwort von Lübbing bekommen konnte, wurde die Verbindung unterbrochen.

Kerkhoff nutzte die Chance, um zu fragen: „Wie gehen wir jetzt konkret vor? Wer übernimmt was?"

Warnecke dachte kurz nach: „Ich mache die Einteilung gleich. Der Mist ist nur, dass wir alle ortsfremd sind. Selbst Jan ist nur halber Belmer. Die Recherchen können länger dauern, als uns lieb ist. Ich meine, was archiviert sein muss, werden wir wohl schnell haben, aber dann die Leute zu finden, die können doch in alle Winde zerstreut sein."

„Lübbing hat in Belm Heimvorteil." Schröder traute sich nur, es ganz leise zu sagen.

„Nicht schon wieder Lübbing!" Warnecke winkte ab. „Der hat wirklich von unserem Metier die Schnauze voll, und außerdem könnte ich es überhaupt nicht Dr. Laurenz beibringen."

„Das mit dem Heimvorteil waren vor einigen Tagen deine eigenen Worte", Schröder blieb beharrlich.

Nun mischte sich auch Kaiser ein: „Schröder hat Recht, Kurt. Wenn wir uns zuerst um die gesamten Namen des betreffenden Jahrgangs kümmern, haben wir die wahrscheinlich relativ schnell. Aber dann geht es los. Wie heißt die Schülerin nach ihrer Heirat? Wohin ist der verzogen? Lübbing hat da einen Wissensvorsprung. Kennt sicher noch Gesichter. Und weiß, wen er fragen kann, bestimmt findet er schnell private *Informanten*, an die wir gar nicht denken oder rankämen. Wir sollten es zumindest versuchen."

Warnecke zweifelte immer noch: „Erst mal muss Laurenz einverstanden sein und zweitens muss Lübbing mitmachen."

Kaiser sagte bestimmt: „Das mit Laurenz kriegst du schon hin. Erkläre ihm doch den wahrscheinlichen Zeitgewinn, das kann doch nur in seinem Interesse sein. Und das mit Lübbing übernehme ich."

„Also gut, einverstanden. Ich gehe zu Laurenz."

Schröder fing sofort an zu planen: „Bollmann und ich kümmern uns dann schon mal um den Kontakt zur Schule und den Behörden."

Das Telefon klingelte wieder. Warnecke meldete sich: „Das war zu erwarten. Nein, lass alles so. Ich schick dir Kerkhoff mit einem Kollegen aus dem Labor. Ach Lübbing, kannst du bitte mit ihnen zurückkommen? Ich möchte gerne etwas mit dir besprechen." Er legte auf. Mit einer Handbewegung zum Apparat erklärte er: „Lübbing hat wieder so einen Brief im Kasten. Kerkhoff, du fährst mit einem Kollegen aus dem Labor hin. Lübbing hat nichts angerührt. Er wartet auf euch."

Kerkhoff nickte und verschwand.

„Ich gehe jetzt zu Dr. Laurenz." Warnecke machte sich auf den Weg.

„Na, dann ist Lübbing jetzt mit im Boot." Schröder schien sehr zufrieden damit.

Kaiser zweifelte: „Und wenn Laurenz ablehnt?"

„Das wird er nicht. Warnecke hat doch schon Lübbing herbestellt, er glaubt also auch daran, Laurenz überzeugen zu können. Du wirst schon sehen."

*

Warnecke saß wieder einmal seinem Vorgesetzten gegenüber. Dr. Laurenz schaute ihn mit hartem Blick an, trommelte mit den Fingern seiner rechten Hand auf die Schreibunterlage und meinte: „Nun, wie sieht es aktuell aus? Und kommen Sie mir nicht wieder mit schwammigen Wischi-Waschi-Erklärungen. Ich habe nachher eine Pressekonferenz."

Warnecke holte tief Luft und begann: „Wir sind tatsächlich etwas weiter. Zunächst konnten wir den Spruch auf dem dritten Foto zuordnen, das an Lübbing geschickt wurde." Warnecke sah Dr. Laurenz' Kinn bei der Erwähnung des Namens Lübbing hervorschnellen. „Vorsichtig, Kurt", dachte er, „ganz vorsichtig"

„Bei *Let's have a party* handelt es sich um den Titel eines Rock'n' Roll- Songs aus den fünfziger Jahren."

„Elvis Presley, oder?", Laurenz wollte Fachwissen beweisen.

„Nein, Wanda Jackson."

„Nun", der Polizeidirektor schüttelte unwillig den Kopf wegen der Korrektur, „und in welchen Zusammenhang bringen Sie diese Mitteilung mit dem letzten Mord?"

„Ganz ehrlich gesagt, Herr Doktor, das ist uns noch ein ziemliches Rätsel. Vielleicht hat der Täter das Geschehen am Mahnmal als Party empfunden, allerdings dann eine ziemlich perfide." Warnecke sprach schnell weiter: „Das Wichtigste. Wir konnten inzwischen eine Querverbindung zwischen allen drei Opfern feststellen."

„Was?", jetzt war Laurenz höchst interessiert.

„Ja, alle drei waren Jahrgang 1961 und alle drei haben dieselbe Schule in Belm besucht. Wir sind jetzt dabei, die Vergangenheit aufzuarbeiten."

„Gut", sagte Laurenz. Jetzt könnte er auf der bevorstehenden Pressekonferenz zumindest einige Resultate vorweisen. „Aber bitte mit Volldampf, uns läuft die Zeit weg."

Warnecke sah seine Chance und sagte vorsichtig: „Die Kollegen und ich haben da eine Idee, wie man Zeit gewinnen könnte."

„Und wie stellen Sie sich das vor?"

„Wir kennen eine Person, die uns in kürzester Zeit mit ihrem Insiderwissen nötige Informationen beschaffen könnte."

„Das wäre?"

„Lübbing!" Warnecke versuchte, es so bestimmt wie möglich zu sagen, damit Laurenz merkte, es war ihm ernst.

Laurenz lief rot an und fasste sich automatisch an den Krawattenknoten, um ihn zu lockern, seine Stimme schwoll an: „Lübbing, immer wieder dieser Lübbing. Ich habe doch ausdrücklich zu verstehen gegeben, dass dieser Mensch hier nichts mehr zu suchen hat!"

Aber Warnecke ließ jetzt nicht locker: „Herr Doktor, Lübbing kommt aus Belm. Er ist nach Kaisers Meinung sogar auf dieselbe Schule wie die Opfer gegangen. Er kennt viele aus den früheren Jahren und wir müssen das Umfeld recherchieren. Wo das bei uns langwierig werden könnte, reicht bei Lübbing schon ein Telefonanruf." Und dann fuhr er sein letztes Geschütz auf: „Wahrscheinlich würde er als Journalist sowieso rumstöbern, und so haben wir ihn unter Kontrolle. Und Sie werden auf der Pressekonferenz ja sicher diese neuen Erkenntnisse bekannt geben wollen, und anschließend würde Lübbing natürlich loslegen." Warnecke war stolz auf sich. Mit diesem letzten Einwand hatte er Laurenz in die Zwickmühle genommen, aus der er eigentlich nur noch herauskommen konnte, wenn er dem Einsatz von Lübbing zustimmen würde. Fast schon lauernd sah er seinen Vorgesetzten an.

Laurenz brauchte geraume Zeit, dann räusperte er sich: „Also gut, soll er kommen. Aber ich verstehe das als absolute Ausnahme in einer Notsituation. Dass das klar ist!"

*

Als Kerkhoff und Lübbing eintrafen, wuselte sich auch Paula ins Büro. Mist, für den hatte Warnecke gar nicht um Erlaubnis gefragt.

Kerkhoff hielt einen Plastikbeutel mit dem Foto des letzten Opfers in der Hand, den Umschlag hatte schon das Labor in Beschlag genommen. Kaiser und Lübbing begrüßten sich erfreut, dann zogen sie sich in eine Ecke zurück und Kaiser sprach intensiv auf Lübbing ein, dessen Gesichtsausdruck aber zweifelnd blieb.

Dann fragte Warnecke ihn: „Hast du dir das Foto schon angeguckt?"

„Ja, widerlich."

„In der Tat. Es sieht so aus, als ob er sich von Mal zu Mal steigern wolle. Golfbälle und Röhrchen mit Zitronat als Mordwaffen. Das Opfer ist vorher übrigens chloroformiert worden."

Warnecke drehte den Beutel und las: „Man soll in keinen Sarg sich legen, will man nur kurz der Ruhe pflegen". Dann - natürlich - ein Datum, 20. Februar 1909.

„Da dürfen wir jetzt also wieder dran rumrätseln", stellte Schröder resignierend fest.

„Kennt das jemand?", fragte Warnecke.

Alles schüttelte den Kopf.

„Kerkhoff, das Internet!", ordnete Warnecke an und wandte sich dann an Lübbing: „Ich müsste mal kurz mit dir reden." Er führte Lübbing in sein Büro und erklärte ihm den aktuellen Stand der Dinge.

„Kaiser konnte mit dem Spruch *Let's have a party* etwas anfangen. Es ist ein Hit aus den fünfziger Jahren von einer Sängerin namens Wanda Jackson." Lübbing nickte: „Stimmt, den hört man auch jetzt noch hin und wieder." Warnecke berichtete weiter. Der Journalist hörte mit wachsendem Staunen zu. „Belm, da führt eine Spur nach Belm?"

Warnecke nickte: „Und wir sind unter Zeitdruck. Du kennst dich am besten aus. Aus diesem Grund ist sogar Dr. Laurenz einverstanden, dass du uns unterstützt."

„Was? Das ist doch wohl ein Witz?"

„Nein, absoluter Ernst."

Lübbing zweifelte: „Kurt, lass mich ein wenig darüber nachdenken. Ich will eigentlich mit diesen Sachen nichts mehr zu tun haben."

„Mein Gott, Lübbing, es geht doch nur darum, einige alte Listen durchzugucken, mal ein Telefonat mit einem alten Bekannten zu führen. Also wirklich nichts Dramatisches."

„Trotzdem, Kurt, ein paar Minuten."

Lübbing stand auf, verließ Warneckes Büro, durchquerte den anderen Raum, ohne ein Wort zu sagen und ging auf den Flur. Die Beamten und Paula schauten ihm verwundert nach.

Warnecke sagte nur: „Lasst ihn erst einmal in Ruhe."

Auf dem Gang überlegte Lübbing. Er wollte im Grunde wirklich nichts mehr damit zu tun haben. Oder? Das Stöbern in alten Akten würde ihm schon Spaß machen. Mal sehen, was aus Bekannten früherer Zeiten geworden ist. Dann war da auch der finanzielle Aspekt. Es herrschte in seinem Metier aktuell „Saure-Gurken-Zeit“ und das würde sich in den nächsten Wochen wohl auch nicht ändern. Auf der Couch liegen und Paula den Bauch kraulen? Nein, musste auch nicht sein. Dieser Fall schlug immerhin überregionale Wogen, da saß bestimmt eine lukrative Story drin. Außerdem war er beunruhigt, dass der Mörder ihn immer wieder in die Sache hineinzog. Wann würde das enden? Ganz entschieden hatte er sich noch nicht und blickte sinnierend auf ein etwas ungepflegtes Aquarium, das am Ende des Flurs stand und in dem lustlos einige Fische schwammen.

Plötzlich setzte sich ein Gedanke in seinem Kopf fest. *„Let's have a party“* – Wanda Jackson. Da war doch etwas. „Wieso komme ich gerade jetzt darauf?“

Ein Fisch erschien kurz an der Oberfläche, schnappte sich einen Happen von dem Trockenfutter und tauchte wieder ab.

Plötzlich war es da. Die Eingebung kam nicht langsam und überlegt, sondern die Namen und die Szene waren blitzartig sehr klar in seinem Kopf. Er drehte sich um, rannte die paar Schritte bis zum Büro der Kommission und riss die Tür auf.

Jeder schaute erstaunt zu ihm hin, dann sprudelte es aus ihm heraus: *„Let's have a party* – Wanda Jackson“. Er verschluckte sich fast. „Kevin Cline, John Cleese, Jamie Lee Curtis.“

Verständnislosigkeit.

„Was ist los?“, fragte Bollmann verblüfft.

„Na, der Film. *Ein Fisch namens Wanda*, der Film, in dem spielen die doch alle mit!“

Lübbing musste Luft holen: „Und in dem Film gibt es eine Szene, in der jemand fast genauso gefoltert wird, wie das letzte Opfer in Bad Essen.“ Erschöpft setzte er sich.

Warnecke fragte: „Was für eine Szene?“

Lübbing hatte sich beruhigt: „Einer Person wird der Mund mit einem Apfel verstopft und die Nase mit Pommes Frites, um ein Geständnis zu erzwingen. Ersetzt man diese beiden Dinge durch Golfbälle und Zitronatröhrchen ist es doch die gleiche Situation, nur dass am Mahnmal ein echter Mord begangen wurde.“

„Was ist denn das für ein Film?", wollte Schröder wissen.

„Eine ganz schräge englische Komödie mit tiefschwarzem Humor. War ein Welterfolg."

„Don Camillo, dann dieser englische Film. Wenn Lübbing Recht hat, spielt unser Mann vielleicht auf sehr makabere Weise Komödienszenen nach. Aber was soll dann der erste Mord bedeuten? Da tappen wir noch im Dunkeln. Lübbing hat dazu ja auch keine Nachricht erhalten", bemerkte Kaiser.

„Das kriegen wir auch noch heraus", wischte Warnecke den Einwand beiseite. „Jetzt geht es erst einmal darum, diese Opferverbindungen genauer zu definieren. Und die neue Botschaft zu entschlüsseln." Er wandte sich an Lübbing: „Und wie hast du dich entschieden?"

„Ich bin dabei."

*

Dr. Laurenz war fest entschlossen, die Pressekonferenz gut über die Bühne zu bringen. „Bisher habe ich diese Meute noch immer in den Griff gekriegt", dachte er. Doch dieses Mal war die Stimmung ziemlich aggressiv, das bemerkte er schon beim Betreten des Raumes. Es gab wenig Informationen, jedenfalls bisher, und die Abneigung, die Laurenz gegenüber Journalisten hatte, wurde genauso innig erwidert. Laurenz geriet mit seinen altbewährten Phrasen sehr in die Defensive. Er musste den Leuten ein paar Bissen hinwerfen, sonst würde die Kritik in den morgigen Zeitungen noch stärker werden. Ein Journalist fragte: „Sie haben anscheinend gar nichts in der Hand. Warum sitzen Sie hier noch auf einem so hohen Ross? Hinter Ihren unverbindlichen Floskeln verbirgt sich doch nur Ihre Ohnmacht!"

Laurenz Stimme wurde schneidend: „Meine Herren, meine besten Leute sitzen an dem Fall. Und wir haben durchaus Spuren. Es gibt Verbindungen zwischen den Opfern, und wir glauben mittlerweile zu wissen, welches Schema der Mörder bei seinen Taten verfolgt. Das alles wird jetzt konkretisiert und ich bin sicher, Ihnen bald weitere Erfolge melden zu können. Es ist nur eine Frage der Zeit."

„Warum erfahren wir das jetzt erst? Ein bisschen mehr Zusammenarbeit wäre da wünschenswert", kam ein Protest aus den Reihen der Journalisten.

Dr. Laurenz hob beschwichtigend beide Hände: „Meine Herren, die Erkenntnisse sind auch für uns noch relativ neu. Und was die Zusammenarbeit mit der Presse angeht, da kann ich Ihnen sagen, dass gerade ein Kollege von Ihnen entscheidende Hinweise liefern konnte, die auch von uns entsprechend ernst genommen wurden. Guten Tag."

Laurenz erhob sich und verließ den Raum. Er ahnte nicht, was er mit den letzten Sätzen angerichtet hatte.

11

Die Presse brachte am nächsten Tag die ganze Sache mit dicken Titelbalken. Zwar immer noch kritisch, aber doch über die Fortschritte bei den Ermittlungen berichtend. Unterschiedlich behandelten die einzelnen Journalisten Dr. Laurenz' Äußerung über entscheidende Hinweise eines ihrer Kollegen. Mal wurde diese Tatsache wohlwollend erwähnt, dann, und hier tat sich wieder der „Komet" hervor, war schlichter Neid zwischen den Zeilen zu lesen, dass ein anderer Kollege eine fette Story an der Angel hatte. Laurenz jedenfalls lehnte sich zufrieden in seinem Bürosessel zurück. Er hatte auf der Konferenz sein Bestes gegeben - meinte er.

*

Er war wütend. Wütend und enttäuscht von Lübbing. Aus den Zeitungsberichten ging offensichtlich hervor, dass man ihm auf der Spur war. Nicht, dass er damit überhaupt nicht gerechnet hätte. Die Gefahr war ihm immer bewusst gewesen - und ziemlich egal, weil er seinen Lebensweg nach der Ausführung seines Plans ohnehin als erfüllt und beendet ansah. Nein, er fühlte sich von Lübbing verraten, weil dieser seine Bilder und die daraus abzuführenden Rückschlüsse nicht journalistisch verwertet hatte, sondern mit der Polizei zusammenarbeitete. Der Mörder versuchte, ruhiger zu werden, wählte ein paar Tabletten aus, um seine Erregung zu zügeln. Nach ein paar Minuten fühlte er sich wieder ruhig genug, um sachlich weiterzudenken.

Von Lübbing ging die eigentliche Gefahr aus. Nur er könnte, seiner Meinung nach, das Puzzle zusammensetzen. Nur er kannte ihn.

„60 Prozent", dachte der Mann, „60 Prozent erledigt und die nächsten 20 kurz vor der Vollendung." Er fasste einen Entschluss. Lübbing hatte ihn verraten, schnöde verraten. Und Lübbing konnte verhindern, dass er seinen Plan zu Ende brachte. Also verdiente er auch die Strafe, genau wie die anderen. Er würde Lübbing quasi „dazwischenschieben", bevor er an die letzten 20 Prozent ging. Der Gedanke gefiel ihm, er lächelte. Gänzlich zufrieden ging er wieder zum Gartenhäuschen und machte sich daran, seine Schreinerarbeit zu vollenden. Das gute Stück war fast fertig, nur ein paar Kleinigkeiten mussten noch verfeinert werden. Konzentriert ging er zu Werke und sang dabei leise einen alten amerikanischen Kinderreim vor sich hin:

Go tell Aunt Rhodie
Go tell Aunt Rhodie
Go tell Aunt Rhodie her old gray goose is gone
Tell her that it's gone away
Tell her that it's gone to stay
Go tell Aunt Rhodie her old gray goose is gone.

Er hatte dieses Lied immer gemocht, erinnerte es ihn doch an eine gute Zeit in seinem Leben. Eine ältere Frau hatte es oft im Garten des Nachbarhauses ihren kleinen Enkeln vorgesungen. Oklahoma City, das waren einige Jahre des Friedens und der Ruhe gewesen.

Er konzentrierte sich auf seine Arbeit. Nach zwei Stunden konnte er sie endgültig abschließen. Ein Blick auf die Uhr zeigte ihm, dass noch Zeit genug war, an den nächsten Arbeitsschritt heranzugehen. Wenig später war der Mann dabei, mit einem Spezialharz sein Werkstück wasserdicht zu verfugen. Gegen Mitternacht war er auch damit fertig. Ein Blick durch den Raum, alles Notwendige war vorhanden. Morgen könnte er mit dem Probelauf beginnen. Er verschloss das kleine Gebäude sorgfältig und ging hinüber zu seinem Wohnhaus.

*

Lübbing schäumte: „Dieser eitle Lackaffe. Was bildet der sich eigentlich ein mit seiner Pressekonferenz? Zumindest regional kann sich jeder Kollege denken, dass ich mit seinen Äußerungen gemeint war. Zwei haben schon bei mir angerufen. Einfach Scheiße, so was!"

Warnecke beschwichtigte: „Lübbing, beruhige dich. Du weißt doch, wie Laurenz ist. Lass uns an die Arbeit gehen." Lübbing konnte sich nicht so schnell beruhigen, aber er regte sich nur noch im Stillen auf.

Schröder meldete sich zu Wort: „Ich habe heute morgen schon mal die Schulbehörden kontaktiert. Also, Unterlagen wie Jahrgänge, Klassen, Zeugniskopien werden bis zu dreißig Jahren in der jeweils betreffenden Schule aufbewahrt. Ein Anruf beim Gymnasium in Belm ergab, dass auch sie dieser Verwaltungsanordnung natürlich nachkommen. Allerdings bezweifelte der Schulleiter, dass die Ordnung in ihrem Archiv vorbildlich sei. Genau genommen hat er gesagt, er selbst sei während seiner nun fünfjährigen Tätigkeit einmal in dem entsprechenden Raum gewesen. Er schickt aus diesem Grund heute den Hausmeister in das Archiv, um halbwegs aufzuräumen. Zwei oder drei von uns könnten dann morgen damit beginnen, die Unterlagen durchzugucken."

Warnecke blickte in die Runde: „Lübbing, Kaiser und Schröder, ihr übernehmt das."

Alle drei nickten.

Schröder ergänzte: „Der Hausmeister steht euch dann zur Verfügung. Er hat im alten, oberen Teil der Schule eine Dienstwohnung."

Lübbing bemerkte: „Ich weiß, wo das ist."

„Wenn die bisherigen Opfer alle Jahrgang 1961 waren", überlegte Bollmann, „dürften sie 67 oder 68 eingeschult worden sein. Dann sind sie 71 oder 72 aufs Gymnasium gewechselt. Vorher braucht ihr gar nicht zu gucken." Warnecke nickte.

Als die Runde sich zur Mittagspause auflösen wollte, räusperte sich Warnecke und sprach noch einmal Lübbing an: „Lübbing, was ist mit Paula?"

„Wie, was ist mit Paula?"

„Er kann hier nicht bleiben, da spielt Laurenz absolut nicht mit!"

„Und wo soll ich mit ihm hin? Allein in meiner Wohnung kann ich ihn auch nicht lassen."

Schröder ergriff behutsam das Wort: „Lübbing, wann kommen Helen und ihre Freundin denn wieder?"

„So in anderthalb Wochen."

„Also, pass mal auf. Für die paar Tage kannst du ihn ruhig in diese Hundepension stecken. Ich kümmere mich jetzt darum. Das ist wirklich die beste Lösung."

Lübbing druckste herum. Er hatte das Gefühl, Paulas messerscharfe Blicke in seinem Rücken zu spüren.

Schröder ergänzte: „Ich rufe da jetzt an und du kannst über Lautsprecher mithören, damit du sicher bist, dass es eine gute Pension ist."

Lübbing nickte. Paula knurrte.

Schröder schaltete den Lautsprecher an und wählte.

Recht schnell meldete sich eine weibliche Stimme: „Hundepension Glückseligkeit, Sie wünschen bitte?"

„Ja, Schröder hier, von der Polizeiinspektion Osnabrück. Sie erinnern sich vielleicht an mich. Ich habe letzte Woche einen Hund bei Ihnen vorbeigebracht."

„Sicher erinnere ich mich. Der schöne Münsterländer. Feines Tier, aber seine Besitzerin hat ihn mittlerweile wieder abgeholt."

„Nun denn", meinte Schröder, „wenn der Platz noch frei ist, hätte ich wieder ein Tier für Sie."

„Und welche Rasse?"

„Äh, das tut doch nichts zur Sache. Es ist eigentlich mehr ein Polizeihund, der ein bisschen Ruhe braucht."

„Wissen Sie, mit den Vertretern mancher Rassen hatten wir schon Probleme, deshalb nehmen wir nicht jedes Tier auf. Sollte Ihr Hund einer solchen Rasse angehören, würden Sie ganz umsonst zu uns kommen. Das wäre doch schade. Also?"

„Also?", gab Schröder die Frage leise an Lübbing weiter.

„Basset und Spitz", wiederholte Schröder laut in den Hörer.

Am anderen Ende blieb es zunächst still. Dann hörte man ein Schnaufen und ein Luftschnappen. Mit spitzer, leicht dissonanter Stimme kam die Frage: „Heißt das Tier vielleicht Paula?"

Schröder war verduzt: „Ja, in der Tat, aber woher ..."

Er wurde rüde unterbrochen. Jetzt kam die Stimme sehr schrill aus dem Lautsprecher: „Paula, Sie wollen tatsächlich noch einmal diesen Paula bei uns unterbringen. Der Köter hat hier vor zwei Wochen nur für Ärger gesorgt. Erst mal dieser bescheuerte Speiseplan, dann mussten wir ihn ständig tragen. Aber am dritten Tag war er plötzlich so topfit, dass er eine reinrassige Königspudeldame, das Tier einer unserer besten Kundinnen, besteigen wollte, und als ich ihn dann zurück zu seiner Besitzerin bringen wollte, hat er ins Auto gekotzt. Bleiben Sie mir mit diesem Paula vom Hals. Sie sollten sich schämen, als Polizist solch ein Spiel mitzumachen. Guten Tag!"

Die Verbindung wurde unterbrochen. Schröder starrte mit hochrotem Kopf auf den Hörer: „Also so was ...", ihm fehlten die Worte.

Lübbing betrachtete interessiert das Muster der Auslegeware auf dem Boden.

Kerkhoff begann als Erster. Das Lachen brach aus ihm heraus. Bollmann und Kaiser stimmten mit ein. Schließlich konnte auch Warnecke sich nicht mehr zurückhalten. Eine wahre Lachorgie!

Kerkhoff zeigte auf Paula: „Königspudeldame besteigen ...", japste er.

„... ins Auto gekotzt", stammelte Bollmann zwischen zwei Lachanfällen.

Kaiser drohte Schröder streng mit dem Zeigefinger: „Sie sollten sich schämen, solch ein Spiel als Polizist mitzumachen!"

Schließlich hatte die Runde sich verausgabt. Nur Schröder fand das alles nicht lustig, er saß immer noch wie versteinert vor seinem Telefon. Lübbing drehte sich ruckartig um und verließ den Raum, er brauchte jetzt einen Eiskaffee. Paula, dieses Mal wieder ganz braver Hund, folgte ihm.

*

I cannot find a place to put this love away
Or lose the thought of sunlight on your face
I thought I heard your voice
Say I love today
But it was only the sound of my heart breaking.

Der Sarg war schon geschlossen. Er hatte sie nicht mehr sehen können. Er blieb in der Trauerhalle, schaute dem Leichenzug hinterher. Dann war der Sarg plötzlich wieder da, der Sargdeckel klappte hoch und sie erhob sich, setzte sich auf die weiße Innenfütterung. Große traurige Augen blickten ihn an. Je weiter der Zug sich entfernte, um so deutlicher sah er diese Augen.

Talk to me while I'm listening now
While this love has a voice that we both can hear
Before you let it go
The greatest love I've ever known
Won't you please talk to me while I'm listening.

Die Menschen, die den Sarg begleiteten, der doch eigentlich geöffnet vor ihm stand, waren verschwunden. Sie schaute ihn immer noch an, dann hob sie die Hände und entfernte sich. Die Straße verschwand. Ein Fluss erschien. Sie saßen jetzt gemeinsam in einem Boot. Der Canadian River, die friedlichen Tage in Oklahoma. Sie trieben auf das Ufer zu und wurden erwartet. Menschen in Weiß, Räume in Weiß, Tabletten in Weiß, Betten in Weiß. Weiße Zwangsjacken. Sie saß ihm gegenüber, verschnürt wie er. Sprachlos, völlig sprachlos. Diese Augen.

Won't you please talk to me while I'm listening.

Ächzend und schweißgebadet wachte er auf. Es dauerte einige Sekunden, bis er sich zurechtfand, zu intensiv war der Traum gewesen. Zitternd stand er auf, griff zu seinen Tabletten auf dem Nachttisch und ging in die Küche, um die Pillen mit einigen Schlucken Wein hinunterzuspülen. Dann öffnete er die Terrassentür und saugte gierig die immer noch kühle Nachtluft ein. Ungeduldig wartete er darauf, dass die Präparate wirkten. Bis dahin war er seinen Erinnerungen ausgeliefert, musste immer wieder durchleben, was die Menschen ihm angetan hatten, all diese grausamen Dinge, und er spürte wieder diese unbändige Wut und den tiefen Hass in sich.

Die Tabletten begannen zu wirken. Aber da er Angst hatte, dass die Träume wiederkämen, beschloss er, nicht mehr zu schlafen, sondern den Probelauf schon heute Nacht zu starten. Er zog den durchschwitzten Pyjama aus, frottierte sich kräftig ab, kleidete sich an. Dann nahm er die Zigaretten und das Schlüsselbund von der Flurkommode und ging hinüber zum Gartenhaus. Nach einer

Stunde hatte er alle Apparaturen soweit vorbereitet, dass er beginnen konnte. Jetzt kam es auf die richtige Dosierung an, sie war das Wichtigste.

*

Am nächsten Morgen empfing ein sehr beflissener Hausmeister die beiden Polizisten und den Journalisten.

„Tag die Herren, Schmidt mein Name, Hans Schmidt. Habe schon vom Schulleiter gehört, was anliegt. Noch gestern das Archiv auf Vordermann gebracht." Er schaute etwas unsicher. „Aber erwarten Sie nicht zuviel. Die Akten lagern da so vor sich hin. Aber ich habe immer dafür gesorgt, dass alle drei Monate jemand vom Putzpersonal dort saubermacht."

Sie waren, während Hans Schmidt dies erzählte, eine Treppe hinuntergestiegen. Nun öffnete er die Tür und machte eine einladende Bewegung. „Bitte sehr."

Die drei Männer schauten sich um. Sehr einladend sah es wirklich nicht aus. Aber Lübbing hatte Schlimmeres erwartet.

„Das alles ist chronologisch gelistet und sortiert", erklärte der Hausmeister. „Und dann wieder innerhalb eines Jahres nach Klassenzugehörigkeit, Klassenbüchern und Zeugniskopien."

„Wir brauchen die Klassenlisten ab 1971", sagte Schröder bestimmt. Der Hausmeister drehte sich zu den Akten, dachte einen Moment nach, holte dann einen fahrbaren Aktenträger und bepackte ihn mit vielen Papierstapeln, die er zu einem großen Tisch fuhr.

Kaiser, Schröder und Lübbing nahmen sich jeder Listen zur Hand. Nach zwei Stunden zwischen staubigen Papierbergen waren sie ermüdet und entnervt. Dann fanden sie endlich eine Akte, in der alle Namen verzeichnet waren, sie stammte aus dem Jahr 1976. Aber schon nach kurzer Zeit meldete Kaiser: „Hier fehlt dieser Pfitzner schon wieder. Nicht mehr aufgeführt." Er hatte das Jahr 1978 vor sich.

Schröder grübelte: „Warum? Warum ist er nicht mehr aufgeführt. Nach Auskunft seiner Frau hat er seine Schulzeit in Kleve und in Belm verbracht."

„Vielleicht hat er einfach die Schule gewechselt", überlegte Lübbing.

Schröder wandte sich an den Hausmeister, der offensichtlich von der Arbeit der drei fasziniert war. „Gibt es auch so etwas wie eine Liste der Schulabgänger?"

„Ja sicher, ich muss sie Ihnen nur heraussuchen."

„Wir brauchen die Abgänger von 1977."

Es dauerte nicht lange, dann gab er Schröder einen Ordner. „Hier müssten die Abgänge von 1977 mit drin sein."

Schröder schaute die Papiere durch und sagte nach einer Minute: „Hier haben wir es. Jürgen Pfitzner wechselte zu Beginn des Schuljahres 1978 zu einer Schule nach Osnabrück. Uns interessieren also zunächst einmal nur 1976 und 1977, als die drei zusammen waren."

Lübbing verglich die beiden Listen noch einmal. „Wir haben Glück, die Klassen von 1976 und 1977 sind absolut identisch. Keine Veränderung bei den Schülern."

Schröder nahm sein Handy und telefonierte mit Warnecke, um ihm zu berichten. „Okay, wir faxen euch die Liste schon mal rüber und sind in dreißig Minuten wieder da." Dann wandte er sich an den Hausmeister: „Ich bin einfach mal davon ausgegangen, dass Sie ein Fax im Haus haben, das wir benutzen können. Ist das okay?"

„Selbstverständlich, im Sekretariat. Kommen Sie, ich zeige Ihnen den Weg."

Ein paar Minuten später verließen Lübbing, Schröder und Kaiser die Schule und ließen einen sichtlich begeisterten Hans Schmidt zurück. Er würde beim heutigen Kegelabend seinen Kumpels einiges zu erzählen haben.

12

Während sich die Polizisten und Lübbing in der Inspektion versammelten, wurde der Mann, den sie suchten, ächzend wach. Der nächtliche Probelauf war schwieriger verlaufen, als er erwartet hatte. Immer wieder hatte er das Behältnis leeren müssen, weil er mit seiner Stoppuhr feststellte, dass die Dosierung nicht seinem vorgegebenen Zeitplan entsprach. Hatte er sich bei den Kubikmetern verrechnet? Immer wieder musste er Wasser ablassen und neu beginnen. Erst als schon der Morgen graute, glaubte er den richtigen Takt gefunden zu haben. Jetzt hieß es, dreißig Stunden abwarten. Er hatte es nur noch bis auf die Couch im Wohnzimmer gebracht, entgegen seinen sonstigen Gewohnheiten nicht mehr geduscht und in seiner Kleidung geschlafen. Entsprechend schmuddelig fühlte er sich nun. Steif erhob er sich, ging ins Schlafzimmer, schluckte zwei Uppers und zog sich aus, um zu duschen. Danach setzte er sich im Hausmantel ins Wohnzimmer und dachte nach. Er blickte auf die Uhr. Wenn nun alles richtig eingestellt war, müsste der Behälter morgen Mittag gefüllt sein. Das erneute Ablassen des Wassers würde keine Stunde dauern. Er konnte seinen Plan in zwei Tagen, also am Freitag, umsetzen.

Nachmittags würde er zur nahe gelegenen Post gehen und ein Einschreiben mit Rückschein aufgeben. Den Brief hatte er schon vorbereitet, er enthielt nur leere Blätter und würde an ihn selbst adressiert sein.

Er hatte also einen ganzen Tag Zeit, sein Plan stand. Befriedigt belohnte er sich mit zwei Tabletten und öffnete anschließend eine Flasche Wein. Mit einem Album setzte er sich auf die Couch und fing an, darin zu blättern. Hier drin befand sich die Summe seines Lebens. Ein Leben, das andere Menschen ihm verpfuscht hatten.

*

Als Lübbing mit den beiden anderen Beamten wieder das Büro der Kommission betrat, stutzten sie. Schröder sagte vorsichtig: „Ähem, Kurt. Warum sitzt du denn an meinem Schreibtisch?“

Warnecke blickte grimmig hoch und zeigte, einen Kugelschreiber haltend, mit der rechten Hand auf seinen angestammten Platz. Die Blicke der drei folgten seinem Wink. Unter dem Schreibtisch lag Paula, die Augen geschlossen und offensichtlich sehr zufrieden. Warnecke blaffte Lübbing an: „Unmöglich, den auch nur einen Zentimeter fortzubewegen. Das nächste Mal nimmst du ihn mit, ganz egal wohin. Oder ich benutze ihn tatsächlich als Fußabtreter!“

Kaiser und Schröder drehten sich diskret um. Wenn ihr Chef sehen könnte, dass ihre Mundwinkel leicht zuckten, würde er explodieren. Lübbing ging zu dem Schreibtisch, bückte sich und sagte ziemlich unwirsch: „Paula, komm her, bei Fuß!“

Der Hund öffnete die Augen, sah Lübbing und stand tatsächlich auf. Lübbing nahm ihn hoch, setzte sich auf einen Stuhl und platzierte Paula auf seinem Schoß. „Können wir jetzt endlich anfangen?“, fragte er schlicht.

Kerkhoff hatte zwischenzeitlich von dem Fax eine entsprechende Anzahl Kopien angefertigt, so dass alle eine komplette Liste mit den Klassenmitgliedern vorliegen hatten.

„21 Schüler, 11 weiblich, 10 männlich“, konstatierte Warnecke. „Wir sollten uns auf die männlichen beschränken, schließlich waren alle drei Opfer ebenfalls männlich.“

Kerkhoff konnte seine große Klappe wieder nicht halten: „Da waren es nur noch sieben, das ist ja wie bei den zehn kleinen Negerlein.“

Ein warnender Blick seines Chefs ließ ihn verstummen.

Warnecke wandte sich an Lübbing: „Sagen dir die Namen etwas?“

„Ich bin mir nicht ganz sicher. Schließlich bin ich sechs oder sieben Jahre älter als die hier. Sie sind mir, wenn überhaupt, höchstens als sehr junge Pennäler über den Weg gelaufen.“ Er ging noch einmal die Liste durch. „Doch, zwei Namen kommen mir bekannt vor. Soweit ich mich erinnere, ist der eine, dieser Dirk Rüssmann, vor zwei oder drei Jahren bei einem Motorradunfall umgekommen." Er wandte sich an Kaiser: „Jan, da müsstest du dich auch noch daran erinnern können."

Kaiser nickte bestätigend: „Stimmt, Dirk Rüssmann. Fiel in unseren Zuständigkeitsbereich. Einer von diesen Unfällen auf den verdammten Serpentinen zwischen Vehrte und Venne. Dürfte gut zwei Jahre her sein."

„Prüfe noch mal nach, ob das wirklich so stimmt und es sich nicht lediglich um eine Namensgleichheit handelt," forderte Warnecke Kaiser auf. Der nickte und griff zum Telefon.

„Und der zweite Name?", fragte Warnecke.

„Dieser Paul Reinders. Der ist vor vielen Jahren nach Neuseeland ausgewandert. Das Gemeindeblatt hat letztes Jahr über ihn berichtet anlässlich eines Besuches von ihm in seiner alten Heimat. Ich kann gern noch mal die Redaktion anrufen, aber eigentlich bin ich mir absolut sicher."

Warnecke schüttelte den Kopf: „Nein, das wird dann wohl nicht nötig sein."

Kaiser hatte sein Gespräch inzwischen beendet und meldete sich zu Wort. „Das Unfallopfer Rüssmann ist eindeutig identisch mit dem betreffenden Schüler Rüssmann."

„Also bleiben noch fünf potenzielle Opfer, wenn der Täter weitermachen will", sinnierte Schröder.

Bollmann meldete sich, ruhig und bedächtig wie immer, zu Wort: „Ich finde, das stimmt so nicht. Wir sollten auch andere Möglichkeiten in Betracht ziehen." Er blickte Warnecke fragend an.

„Na, los", forderte der ihn zusätzlich nickend auf.

„Erstens, wir sprechen von potenziellen Opfern. Genauso gut könnte aber auch der Mörder unter den fünf noch lebenden Schülern sein. Zweitens, wenn wir mal davon ausgehen, wie gesagt, rein theoretisch, dass der Mörder auch einer der Mitschüler sein könnte, müssen wir auch die weiblichen Mitglieder der Klasse unter die Lupe nehmen. Und letztlich drittens, wer sagt denn, dass sich dieser Reinders aus Neuseeland wirklich wieder da unten herumtreibt und nicht inzwischen zurück ist. Vielleicht ist das nicht sehr wahrscheinlich, aber wir sollten doch nichts außer Acht lassen."

Lübbing war beeindruckt. Der junge Polizist hatte sachlich und stringent Dinge angesprochen, die er und die erfahrenen Beamten nicht bedacht hatten.

Auch Warnecke nickte anerkennend. Dann traf er seine Entscheidungen. „Priorität bleibt, dass wir uns um die fünf noch lebenden männlichen Mitglieder der Klasse kümmern. Herausfinden, wo sie nun leben, und dann befragen. Allerdings, nach Bollmanns berechtigtem Einwand, auch unter dem Aspekt, dass einer von ihnen der Mörder sein könnte. Das solltet ihr immer im Hinterkopf behalten. Aber es geht jetzt erst einmal darum, Fakten und einfach nur Eindrücke zu sammeln. Das Verhalten der Zeugen beobachten, sensibel vorgehen. Das machen Bollmann, Kaiser und ich."

„Schröder, du kümmerst dich bitte um die weiblichen Mitglieder der damaligen Klasse. Heutiger Wohnort, wenn sie verheiratet sind, der heutige Name und so weiter. Kerkhoff, du nimmst Kontakt zum LKA und zu Europol auf, fragst nach diesem Reinders in Neuseeland. Ich will konkret wissen, wo er sich derzeit aufhält."

Lübbing fühlte sich plötzlich wieder außen vor und wollte schon protestieren, aber Warnecke verhinderte dies mit einer Handbewegung. „Moment Lübbing, du kommst gleich auch noch an die Reihe."

Er wandte sich wieder den Beamten zu: „Ihr macht alle für heute Feierabend und fangt morgen dafür eine Stunde früher an. Ich kümmere mich noch um alles Aktenkundige von diesen fünf Personen. Falls da jemand in der Vergangenheit bei uns auffällig geworden ist, habt ihr es morgen früh auf dem Schreibtisch."

Schröder, Kaiser und Bollmann nickten und trotteten davon. Nur Kerkhoff hatte einen Einwand: „Ich würde lieber jetzt gleich anfangen und mit den höher geordneten Stellen reden. Dann können die eventuell noch heute aktiv werden. Denk an die Zeitverschiebung, ich glaube in Neuseeland sind sie uns 12 Stunden oder so voraus. Wenn die Anfrage erst morgen früh rausgeht, ist bei denen schon wieder Feierabend."

„Gute Idee, Peter, wenn du nun auch noch in Zukunft deine große Klappe im Zaum halten könntest, steht deiner Karriere nichts mehr im Weg", stimmte Warnecke nickend zu.

Kerkhoff grinste breit und begab sich an die Arbeit.

Nun kümmerte sich Warnecke endlich um Lübbing. „Ich möchte, dass du noch einmal die Schule besuchst. Vielleicht gibt es irgendwelche Hinweise auf besondere Vorfälle aus jener Zeit. Ich werde dich für morgen beim Schulleiter avisieren. Ist dir das Recht?"

Lübbing nickte, zeigte aber auf Paula: „Was ist mit ihm?"

Unwirsch erwiderte Warnecke: „Na, meinetwegen. Bring ihn vorher hier vorbei. Aber hat der nicht ein eigenes Körbchen oder so was? Ich möchte endlich wieder an meinem angestammten Platz sitzen."

„Er hat eine Decke."

„Dann bring eben die mit."

Zufrieden drehte Lübbing sich um, steuerte auf die Tür zu und schnippte lässig mit den Fingern. Paula stand tatsächlich auf und folgte ihm.

In Lübbings Rücken erklang noch einmal Warneckes Stimme: „Sag mal, was frisst der denn eigentlich so?"

Lübbing erwiderte leichthin über die Schulter: „Vieles, aber am liebsten Virginiaschinken und Pizza Caprese."

Er drehte sich nicht mehr um und so bekam er Warneckes entgeisterten Blick nicht mit.

*

Lübbing war am nächsten Tag pünktlich in der Kommission eingetroffen, hatte Paula mitsamt Fress- und Wassernapf abgeliefert, was ihm einen brummigen, unverständlichen Kommentar Warneckes einbrachte.

Jetzt saß er vor dem Leiter der Belmer Schule und brachte sein Anliegen vor. Der Mann runzelte die Stirn: „1977, das ist 29 Jahre her und ich bin erst 4 Jahre an dieser Schule, da kann ich Ihnen wohl wirklich kaum helfen."

„Vielleicht jemand anderes aus dem Kollegium?"

Der Mann wehrte ab: „Kann ich mir nicht vorstellen. Wer damals hier unterrichtet hat, dürfte heute schon pensioniert sein."

Lübbing sah schon schwarz, unternahm aber einen letzten Versuch: „Wer ist denn hier am längsten an der Schule?"

„Ja, wer ist hier am längsten?", er dachte einen Augenblick nach, „also, wenn ich mich recht entsinne, ist das wohl unser Hausmeister."

Wunderbar, der hilfreiche Hans Schmidt.

„Und wo finde ich den jetzt?"

Der Schulleiter blickte auf die Uhr. „Die große Pause ist erst einige Minuten vorbei. Da dürfte er wohl noch in seinem kleinen Verkaufsstand in der Pausenhalle sein."

Der Hausmeister war tatsächlich noch in seinem Kiosk, füllte verkaufte Waren wieder auf und begrüßte Lübbing freundlich.

„Herr Schmidt, wenn ich etwas über Dinge an dieser Schule wissen will, die vor fast 30 Jahren passiert sein könnten, an wen sollte ich mich dann wenden?"

Schmidt schmunzelte: „Na, eigentlich an den Hausmeister, zumindest, wenn er sich nicht wie ein Spieß beim Bund aufführt. Man kriegt viel mit, in den Pausen sind die Schüler immer mitteilsam. Und auch hier am Kiosk hört man einiges." Dann sprach er ernster weiter: „Aber ich bin erst seit 1997 hier, und mein Vorgänger Heinz Grundel ist vor zwei Jahren verstorben."

Lübbing sah eine weitere Hoffnung dahinschwinden. Er bedankte sich und ging auf den Ausgang zu, als Schmidt rief: „Herr Lübbing, warten Sie mal. Mir fällt da etwas ein!"

Lübbing stoppte und drehte sich zu Schmidt um.

„Ich könnte Ihnen die Adresse des Schulleiters von damals geben. Die habe ich, weil ehemalige Schüler immer mal wieder Kontakt zu ihm suchen. Der Mann muss sehr beliebt gewesen sein. Ich laufe mal schnell rüber in mein Büro und hole sie."

Schmidt entfernte sich eilig. Während Lübbing wartete, dachte er an Oberstudiendirektor Andresen, den er selbst noch erlebt hatte. Ein gütiger Pädagoge, was natürlich von einigen Schülern ausgenutzt wurde. Aber er hatte mit seiner ruhigen, sachlichen Art die meisten immer wieder überzeugt und auf die richtigen Wege gelenkt. Lübbing erinnerte sich auch an die jährlichen Schulfeste, bei denen Andresen immer eine launige Rede gehalten und mit seiner milden Ironie auch sich selbst und das Kollegium nicht verschont hatte.

Er wurde von Schmidt aus seinen nostalgischen Gedanken gerissen, der ihm einen Zettel reichte. Darauf stand die Adresse eines Altenheims in Osnabrück. Lübbing bedankte sich und verließ die Schule. Draußen rief er vom Handy Warnecke an und informierte ihn über den Stand der Dinge.

„Fahr doch gleich durch zu dem Heim, ich werde dich telefonisch von hier aus ankündigen."

*

Als Lübbing das Heim durch ein großes Portal betrat und auf die Rezeption zusteuerte, sah er sich mit einem ziemlich mächtigen Wesen in weißer Tracht konfrontiert. Er versuchte es mit ausgesuchter Höflichkeit und stellte sich erst einmal vor. Es nutzte ihm nicht wirklich.

„Aha, der Herr von der Polizei. Das reinste Überfallkommando möchte ich sagen. Wir sind hier ein angesehenes, gediegenes Haus und dem Wohlbefinden unserer Bewohner im höchsten Grade verpflichtet, solche Methoden lieben wir überhaupt nicht. Außerdem ist Ihr Kollege, der angerufen hat, eine ziemliche Kodderschnauze."

„Na, du bist aber auch nicht gerade ohne", dachte Lübbing.

Die gewaltige Dame kam hinter ihrer Rezeption hervor. „Folgen Sie mir!"

Sie ging derart schnellen Schrittes den Gang hinunter, dass Lübbing Schwierigkeiten hatte mitzuhalten. Fast am Ende hielt sie links vor einer Tür. Auf einem Schild konnte Lübbing entziffern „Oberstudiendirektor a.D. – Andreas Andresen" und dachte sich: „Schick, äußerst nobel."

Der Feldwebel in Weiß drehte sich zu ihm um und sagte im Befehlston: „Sie machen es bitte kurz. Herr Andresen ist weit über achtzig und bettlägerig. Eigentlich dürfte man ihm eine solche Anstrengung und Aufregung überhaupt nicht zumuten." Sie blickte Lübbing noch einmal missbilligend an, klopfte an und öffnete sofort die Tür. Ihre Stimme war plötzlich honigsüß: „Lieber Herr Direktor, hier ist der Herr von der Polizei. Er hat mir versprochen, Sie nicht lange zu belästigen."

Lübbing betrat das Zimmer und grüßte höflich. Der Mann im Bett winkte mehrmals mit der linken Hand: „Treten Sie näher, junger Mann, es ist schön, Besuch zu bekommen." Dabei blickte er missbilligend die Dame in Weiß an.

Lübbing trat näher und schüttelte die ausgestreckte Hand. Die Haut war runzelig und hatte braune Altersflecken, aber Lübbings Griff wurde relativ kräftig erwidert. Dann sagte Andresen zu der Schwester: „Es ist gut, Elsbeth. Sie haben doch sicher noch viel an der Rezeption zu tun."

Elsbeths Miene verfinsterte sich, und ihr lagen sicherlich ein paar kräftige Worte auf der Zunge, aber sie besann sich und blieb stumm. Dafür schloss sie die Tür beim Hinausgehen etwas lauter, als es sich für eine Altenpflegerin gehörte.

Andresen lächelte zufrieden: „Verdammter Hausdrachen." Dann wandte er sich zu Lübbing: „Wissen Sie , das Schlimme ist, dass viele meinen, wenn der Körper altert, wird man gleichzeitig auch im Kopf senil. Bei mir sind es die Beine, die nicht mehr mitmachen, deshalb liege ich die meiste Zeit im Bett. Meine Gehirnzellen funktionieren aber noch ausgezeichnet." Er zeigte auf das Fenster: „Würden Sie das bitte ganz öffnen." Er drehte sich auf die linke Seite und öffnete eine Schublade des kleinen Schrankes neben seinem Bett und tastete einige Augenblicke darin herum. Als er gefunden hatte, was er wollte, sah Lübbing in seiner Hand ein Feuerzeug und eine Schachtel Zigaretten.

Andresen zündete sich eine an und sog mit Genuss den Rauch ein. Zu Lübbing sagte er verschmitzt: „Wenn Elsbeth trotz des offenen Fensters etwas merkt, werde ich natürlich behaupten, Sie hätten hier geraucht."

Lübbing stimmte in das Lachen des ehemaligen Schulleiters ein.

„Aber nun zur Sache", meinte Andresen. „Elsbeth sagte, Sie sind von der Polizei. Ich kann Ihnen versichern, ich war es nicht, der gestern Nacht mit überhöhter Geschwindigkeit durch den Fußgängerbereich gefahren ist."

Wieder musste Lübbing lachen, diese Art von Humor liebte er. Er erklärte Andresen seine derzeitige Zusammenarbeit mit der Polizeiinspektion und worum es in dem aktuellen Fall ging. Er erwähnte auch, dass er die Schule während seiner Amtszeit besucht habe. Andresen hörte aufmerksam zu und schaute ihn die ganze Zeit mit wachen Augen an. Als Lübbing fertig war, herrschte Schweigen im Raum. Es war Andresen, der die Stille unterbrach. „Traurig, drei von meinen ehemaligen Schülern. Und Sie sind sicher, dass die Morde mit ihrer Schulzeit zusammenhängen und alles nicht bloß Zufall ist, wenn auch ein entsetzlicher?"

„Sicher sind wir nicht", antwortete Lübbing, „aber der Schulbesuch in Belm, auch noch einige Jahre in derselben Klasse, ist bei allen drei Opfern die einzige Gemeinsamkeit."

Andresen schüttelte den Kopf: „Trotzdem, in meiner ganzen Amtszeit gab es keine Auffälligkeiten, die über das normale Maß hinausgingen. Natürlich mal eine Schlägerei, die ausartete, kleinere Diebstähle, unangenehme pubertäre Protzereien. Aber alles hielt sich im üblichen Rahmen, wie es an jeder Schule mal vorkommt. Während meiner gesamten Tätigkeit habe ich nicht einen Schüler der Schule verweisen müssen."

Wieder versank er einen Moment lang in seinen Gedanken und Erinnerungen. „Nein", bekräftigte er dann noch einmal, „Sie müssen sich irren. Der schlimmste Zwischenfall war ein tragischer Unfall kurz vor meiner Pensionierung."

„Was für ein Unfall?", fragte Lübbing gespannt.

„Eine Schülerin ist eine Treppe hinuntergestürzt und hat sich das Genick gebrochen."

„Wann war das?"

„Ich sagte ja, kurz vor meiner Pensionierung. Die war Ende des Schuljahres 1977. Also dürfte der Unfall im Frühjahr oder Sommer passiert sein."

Lübbing war wie elektrisiert. 1977, eines der Jahre, um die es ging. „Herr Andresen, können Sie sich noch an den Namen der Schülerin erinnern, die damals verunglückt ist?"

Andresen runzelte die Stirn und schloss die Augen. Er bemühte sich, den Namen aus irgendeinem Winkel seines Gehirns auszugraben. Lübbing wartete geduldig. Schließlich meinte Andresen: „Tut mir leid, im Augenblick nicht. Aber ich kenne das, urplötzlich fällt es einem wieder ein, man darf es nur nicht zu sehr erzwingen wollen. Geben Sie mir ein wenig Zeit. Ich weiß es bestimmt bald und dann melde ich mich bei Ihnen."

Lübbing fand dies einen vernünftigen Vorschlag. Er notierte Andresen die Telefonnummer der Sonderkommission in der Polizeiinspektion und schrieb auch die Zeit dazu, ab wann er dort zu erreichen sei.

Als Lübbing sich herzlich bedankte und verabschiedete, erklärte der alte Mann schmunzelnd: „Nichts zu danken, es ist für mich immer ein Hochgenuss, wenn Elsbeth sich aufregt."

Lübbing passierte schnellen Schrittes die Rezeption, hinter der die mächtige Dame in Weiß wieder thronte. „Tschüss, Elsbeth", rief er fröhlich und beschleunigte noch einmal sein Tempo, um der zu erwartenden Schimpftirade zu entgehen, und machte sich auf den Weg zur Inspektion.

Warnecke wollte gerade sein Büro verlassen, als Lübbing erschien, ließ sich aber neugierig erst einmal von dem Besuch im Altenheim berichten. Die Sache mit dem Treppensturz schien auch ihm eine interessante Spur zu sein.

„Hoffentlich erinnert sich der alte Mann wirklich an den Namen. Das würde uns eine langwierige Sucherei in den Archiven sparen."

„Also ich habe da keine Bedenken. Trotz seines Alters hat er noch einen sehr klaren Kopf. Er wird bestimmt anrufen. Übrigens braucht ihr mich hier noch?"

Warnecke schüttelte den Kopf. „Wir sind alle noch mit den fünf offenen Namen beschäftigt. Und die Spur Reinders hat Kerkhoff schon abgeklärt. Der ist tatsächlich wieder in Neuseeland. Saß gestern auf einer Auktion in einer Stadt namens Dunedin und versuchte, seine Schafherde möglichst gewinnbringend an den Mann zu bringen."

Lübbing wollte gehen, da sah er Paulas Decke - ohne Paula - und fragte: „Ach so, wo ist der Hund?"

Warneckes Miene verfinsterte sich. Lübbing schaute zum Platz des Hauptkommissars. Paula lag wieder darunter und blickte vertrauensselig zu den beiden hoch.

Lübbing versuchte, ein Lachen zu unterdrücken. „Hat er schon was zu fressen gehabt?"

„Hat er, und zwar reichlich", blaffte Warnecke.

„Und was?"

„Na, Virginiaschinken und Pizza Caprese, hast du doch gesagt!"

Der Hauptkommissar steuerte ganz klar auf einen Wutanfall zu. Lübbing sammelte schnell Paulas Utensilien ein und machte, dass er mit dem Hund davonkam.

13

Lübbing war am Donnerstagmorgen schon früh in der Inspektion. Er hatte gerade eben Paula seinen Wassernapf vorgesetzt, der Hund schlabberte jetzt auch ohne Hemmungen banales Leitungs- statt natriumarmem Mineralwasser, als auch schon eines der Telefone klingelte. Jan Kaiser nahm den Anruf entgegen. Mehrmals setzte er an, wurde vom anderen Teilnehmer aber wohl immer wieder unterbrochen. Schließlich sagte er entnervt und kurzangebunden: „Moment mal", legte die Hand über die Muschel und fragte Lübbing: „Sag mal, hast du im Augenblick wieder Beziehungsstress? Hier ist eine Frau dran, die sich nicht sehr vorteilhaft über dich auslässt. Ich komme überhaupt nicht zu Wort."

Lübbing kam heran und streckte die Hand nach dem Hörer aus, hielt ihn sich aber mit etwas Abstand ans Ohr. Ein paar Sekunden hörte er aus sicherer Entfernung der quäkenden Stimme zu, dann unterbrach er sie laut und bestimmt: „Hallo Elsbeth, wie geht es?"

Das aufgeregte Gebrabbel verstummte augenblicklich.

Er nutzte die Gunst der Sekunde und sagte schnell: „Kann ich jetzt endlich Herrn Andresen sprechen?"

Gepresst kam die Antwort: „Ich stelle durch." Ein Knacken ertönte in der Leitung, und Lübbing wurde von seinem ehemaligen Schulleiter begrüßt.

„Guten Morgen, Herr Andresen."

„So, ich habe es, wusste doch, dass es mir wieder einfällt. Das verunglückte Mädchen hieß Karin Baake."

Andresen buchstabierte den Nachnamen noch einmal, während Lübbing mitschrieb, dann fuhr er fort: „Ich kann mich übrigens noch vage daran erinnern, dass es einige Ungereimtheiten gab. Die Polizei hat tagelang Schüler befragt. Ich weiß nur nicht mehr warum. Jedenfalls hat es einige Zeit gedauert, bis auch die Beamten von einem Unglücksfall ausgingen. Tut mir leid, dass ich das nicht weiter konkretisieren kann, aber es ist einfach zu lange her."

„Herr Andresen, trotzdem vielen Dank. Sie haben uns so schon sehr geholfen."

„Hab ich gern gemacht", antwortete Andresen. „Ach übrigens, soll ich Elsbeth von Ihnen grüßen?"

„Machen Sie das, wenn Sie es für richtig halten." Er verabschiedete sich, legte lachend den Hörer auf und berichtete den anderen, was Andresen erzählt hatte.

Warnecke überlegte einen Augenblick bevor er Schröder ansprach: „Kannst du dich für eine Weile von deiner jetzigen Arbeit trennen und ins Archiv abtauchen, um die entsprechenden Unterlagen zu dem damaligen Fall zu besorgen."

Schröder, der Aktenliebhaber, nickte geradezu entzückt und verschwand fast augenblicklich.

„Wir haben nun mit vier von den fünf übriggebliebenen Klassenmitgliedern sprechen können", begann Warnecke, ein erstes Fazit zu ziehen. „Der letzte kommt erst heute Abend aus dem Urlaub zurück. Die Reaktion bei den Angesprochenen war wie immer in solchen Fällen sehr unterschiedlich. Entsetzen und Trauer, ob nun echt oder nicht, sei dahingestellt. Das lässt sich am Telefon schlecht feststellen. Einer war total empört, überhaupt mit so etwas in Verbindung gebracht zu werden."

„Das war ein echt arrogantes Ekelpaket", bemerkte Bollmann, der das Telefonat geführt hatte, „der drohte sogar mit einem Anwalt."

„Wie gehen wir weiter vor?", fragte Kerkhoff.

„Wir können sie als Zeugen vorladen und das werde ich auch tun", erwiderte Warnecke.

In diesem Augenblick kam Schröder wieder in das Büro. Er hatte zwei Aktenbündel vor der Brust. In einem blätterte er noch. Er besaß außerordentliches Geschick darin, im Minutentakt Akten querzulesen und Zusammenhänge zu erfassen. Deshalb fragte Warnecke auch ohne Weiteres: „Nun?"

„Einen kurzen Moment noch Kurt, ich habe es gleich." Er setzte sich an seinen Schreibtisch und arbeitete den Rest des Aktenbündels durch. Alle anderen warteten schweigend. Nach einer Minute klappte er den Ordner zu, stützte beide Hände auf den Schreibtisch und lehnte sich zurück.

„Wie ein dozierender Professor", dachte Lübbing.

„Also", begann Schröder, „diese beiden Akten hier, die eine ist damals vom Fachkommissariat angelegt worden, die andere ist die Spurenakte vom Erkennungsdienst, enthalten Folgendes: Karin Baake starb am Ostersamstag 1977 an den Folgen eines Treppensturzes auf dem Gelände des Georg-Forster-Gymnasiums. Todesursache Genickbruch. Außerdem wies sie weitere sturztypische Verletzungen auf, die aber nur äußerer Natur waren. Laut der Akte eine ganz klare, eindeutige Todesursache."

Lübbing bemerkte: „Aber der alte Direktor sagte mir doch, dass die Polizei noch tagelang ermittelt habe. Er konnte sich nur nicht mehr erinnern, aus welchem Grund."

Schröders Antwort kam sofort und trocken: „Der Grund dürfte gewesen sein, dass die Leiche Karin Baakes ohne Slip und ohne rechten Schuh gefunden wurde."

Sekundenlang herrschte Schweigen. Schließlich stammelte Kerkhoff: „Vergewaltigt, oder?"

Schröder antwortete: „Nein. Es gibt die typischen Sturzverletzungen und sonst nichts. Keine weiteren Hämatome oder Kratzspuren. Keine Einrisse an den Kleidungsstücken. Keine Fremdpartikel unter den Fingernägeln. Keine Spermaspuren. Nichts. Und sie war auch noch Jungfrau."

Warneckes Überlegungen gingen in eine andere Richtung: „Und wenn sie jemand nach dem Sturz entdeckt und ihr den Slip ausgezogen hat? Es gibt doch diese Unterwäschefetischisten, die sich diese Stücke als Trophäe übers Bett hängen."

„Das erklärt aber noch nicht den fehlenden Schuh", wandte Lübbing ein.

Warnecke gab noch nicht auf: „Den kann sie doch aus irgendeinem Grund vorher verloren haben."

Schröder schüttelte den Kopf: „Unwahrscheinlich. Sie ist einige Minuten vorher mit einem Jungen gesehen worden. Dann haben sie sich getrennt. Sie hat sich allein auf den Heimweg gemacht. Die gesamte Wegstrecke bis zum Unfallort ist mehrmals abgesucht worden. Kein Schuh."

Bollmann, noch nicht so abgebrüht wie die anderen Beamten, fragte noch immer fassungslos: „Sie wird ja wohl nicht ohne Slip und mit nur einem Schuh auf dem Schulhof rumgelaufen sein. Beim Sturz hat sie beides doch bestimmt noch angehabt. Aber wer klaut denn einer Leiche einen Slip und einen Schuh?"

„Das ist ja das Dubiose. Die Kollegen haben damals versucht, das Verschwinden dieser Kleidungsstücke zu klären, deshalb dieser tagelange Aufwand", erwiderte Schröder. „Gelungen ist es ihnen nicht."

„Aber wir werden das herausfinden", sagte Warnecke verbissen. „Es gibt einen Zusammenhang zwischen dem Tod Karin Baakes und den jetzigen Morden. Da bin ich mir absolut sicher."

Keiner der Anwesenden widersprach.

Warnecke hakte noch einmal nach: „Wer hat sie denn gefunden?"

„Ein gewisser Heinz Grundel, der Hausmeister."

„Im Übrigen ist Grundel vor zwei Jahren verstorben, hat der heutige Hausmeister mir erzählt", bemerkte Lübbing.

Schröder fragte: „Und wie soll es nun weitergehen?"

„Wir hauen auf den Putz bei diesen fünf übriggebliebenen Herren aus der Klasse. Keine Vorladungen als Zeugen", ordnete Warnecke an, „das dauert dann wieder einige Tage. Ein kurzer inoffizieller Anruf und für morgen Nachmittag einbestellen. Und wenn sie nicht wollen, fahren wir dahin, wo sie gerade sind und befragen direkt vor Ort. Einverstanden?"

Alle nickten, außer Lübbing. Damit hatte er nun wirklich nichts zu tun.

Aber Warnecke bat ihn: „Lübbing fährst du noch einmal zu dem Altenheim und erzählst diesem Oberstudiendirektor, was wir nun wissen. Vielleicht kommen ihm dann noch andere Erinnerungen."

Lübbing nickte: „Mach ich, aber was ist ..."

Warnecke schnitt ihm das Wort ab: „Ja, ja, schon gut. Paula kann wieder hierbleiben."

Lübbing wandte sich zur Tür, als er hinter sich Kaiser rufen hörte: „Grüß mir Elsbeth."

„Du kannst mich mal", dachte Lübbing.

*

Lübbing war heilfroh, als er im Altersheim die Rezeption unbesetzt vorfand. Er lief schnell den Gang hinunter, an dem Andresens Zimmer lag, und klopfte an die Tür. Er wartete die Aufforderung ab hereinzukommen, dann steckte er den Kopf durch den Türrahmen und fragte: „Herr Andresen, darf ich Sie noch einmal stören."

Der alte Mann nickte erfreut: „Aber sicher, kommen Sie, immer herein mit Ihnen."

„Wir haben herausgefunden, warum die Polizei damals ermittelte", erklärte Lübbing. Er zog sich einen Stuhl heran, setzte sich an das Bett und erzählte die Geschichte.

Als er fertig war, nickte Andresen: „Genauso war es. Entschuldigung, dass mir das entfallen ist."

Lübbing ging nicht weiter darauf ein, sondern fragte: „Fällt Ihnen noch etwas ein, was ich nicht erzählt habe?"

„Nein, mal abgesehen von der anschließend tragischen Geschichte mit dem Sohn des Hausmeisters."

„Welche Geschichte?", fragte Lübbing verblüfft.

„Na ja, Karin Baake war wohl so etwas wie seine erste große Liebe. Nachdem das Unglück passiert war, ist er durchgedreht. Auf der Trauerfeier saß er völlig apathisch da, mit einem dicken Verband um den Kopf. Die Leute erzählten, er habe versucht, sich den Kopf einzurennen, und nun habe der Arzt ihn ruhiggestellt. Ob das stimmte, weiß ich allerdings nicht. Die Menschen erzählen bei solchen Sachen immer viel Blödsinn. Für mich war der traurigste Moment bei der Beerdigung dieser Anblick, wie der Junge im Ausgang der Trauerhalle zur Seite ging, einfach stehenblieb und dem Trauerzug nur nachstarrte. Erschütternd."

„Wissen Sie noch, wie der vollständige Name des Jungen war?"

„Ja, ich erinnere mich daran, weil Franz-Josef als Vorname in Norddeutschland doch etwas ungewöhnlich ist. Franz-Josef Grundel, so hieß er."

„Was ist aus ihm geworden?"

„Das kann ich Ihnen nicht genau sagen. Wie ich bereits erwähnte, bin ich ein paar Monate später pensioniert worden. Und er war damals eine ganze Zeit vom Unterricht befreit. Ein ehemaliger Kollege hat mir später erzählt, nach seiner Rückkehr an die Schule sei alles noch schlimmer geworden. Tagelang war er depressiv, zog sich von allem zurück. Dann gab es wieder Tage voller Aggressivität. Das Ende vom Lied war, dass er wieder in Behandlung musste. Mehr weiß ich auch nicht."

Lübbing erhob sich und stellte den Stuhl weg. Die Geschichte hatte ihn berührt. Er gab Andresen die Hand und verabschiedete sich. Als er den Raum verlassen wollte, rief Andresen ihn noch einmal zurück: „Herr Lübbing, fragen Sie doch mal Dr. Helmut Wesche. Er ist Arzt in Belm und ein ehemaliger Schüler von mir, der immer noch treu den Kontakt hält. Er hat die Praxis von seinem Vater übernommen und der hat Franz-Josef Grundel zumindest in der ersten Zeit behandelt. Wenn Sie ihm einen schönen Gruß von mir ausrichten, erzählt er Ihnen sicher alles, was er weitergeben darf."

„Nochmals vielen Dank, Herr Andresen", sagte Lübbing und schloss die Tür.

Als er dem Ausgang zustrebte, war er froh, dass die Rezeption immer noch unbesetzt war.

*

Nach der Mittagspause saßen alle zusammen, und Lübbing erzählte die Geschichte, die er von Andresen gehört hatte. Die Beamten waren ebenfalls beeindruckt, aber Warnecke sagte lapidar „Und wie hilft uns das jetzt weiter ?"

Keiner antwortete.

Sie gingen wieder zur Tagesordnung über. Warnecke fasste zum Schluss zusammen: „Also, alle Männer aus dieser Klasse haben sich bereiterklärt, morgen zur Inspektion zu kommen und Fragen zu beantworten. Allerdings hat dieser Typ, mit dem Bollmann schon am Telefon zu tun hatte, Ludwig Meißner ist der Name, es wieder abgelehnt, respektive angedroht nur mit seinem Anwalt zu kommen."

„Welch ein Arschloch", ließ sich Bollmann vernehmen.

Keiner ging darauf ein.

„Lasst uns jetzt die Art und Weise der Befragungen besprechen“, schlug Warnecke vor.

Lübbing fragte dazwischen: „Werde ich dann noch gebraucht?“

„Nein, eigentlich nicht“, antwortete Warnecke. „Danke für deine Besuche bei Andresen und in der Schule. Mach dir einen ruhigen Nachmittag.“ Und dann fügte er schnell hinzu: „Aber nimm den Hund mit.“

Lübbing stand auf – und wie selbstverständlich auch Paula. Na bitte, das ging doch!

*

Lübbing lag auf seiner Couch. Im Hintergrund erklang die Stimme von Emmylou Harris.

I don't want to hear a love song
I got on this airplane just to fly
And I don't want to hear a sad story
Full of heartbreak and desire.

Er versuchte, sich auf das Buch in seinen Händen zu konzentrieren, was ihm aber immer wieder misslang. Paula lag vor der Couch und schlief. Dieses Mal verlangte er keinen Heavy Metal. Lübbing schaute auf ihn herunter. Der Hund knurrte und grunzte leise im Schlaf. Lübbing dachte: „Du hast es auch nicht leicht, so wie du aussiehst, und dann noch so ein Frauchen.“

Seine Gedanken wanderten zu Franz-Josef Grundel. Ein armes Schwein. Lübbing konnte zwar die Reaktionen des Jungen nicht nachvollziehen, wohl aber den Schmerz über den Verlust.

Er dachte an seine eigene Jugendliebe. Damals war er 18 und sie 15, genauso alt wie Karin Baake bei ihrem Tod. Er hatte mit ihr einen wunderschönen Sommer verlebt, dann musste sie zurück in ihr Heimatland. Lübbing hatte gelitten wie ein Hund. Als sie sich nach 27 Jahren wiedersahen, flammte die Liebe sofort wieder auf. Sie trennten sich dann erneut, weil ihre Lebenslinien, die sie geprägt hatten, zu unterschiedlich verlaufen waren. Aber die Frau von der rauen Insel im Nordatlantik gehörte zu den großen Lieben seines Lebens – und das würde immer so bleiben.

Grundel hatte dagegen einen noch größeren Verlust erlitten. Tod, das war etwas Endgültiges. Er hatte nicht einmal die Chance für einen zweiten Anfang bekommen.

Lübbing fasste einen Entschluss. Er stand auf, ergriff das überregionale Telefonbuch, suchte die Nummer von Dr. Wesche in Belm heraus und wählte.

„Praxis Dr. Wesche", meldete sich eine weibliche Stimme.

Lübbing stellte sich vor und sagte: „Ich hätte gern Doktor Wesche gesprochen."

„Worum geht es denn? Sind Sie Patient bei uns?"

„Nein, das nicht. Und es ist mehr eine Privatsache. Dringend. Sagen Sie Doktor Wesche bitte, ich rufe auf Empfehlung von Herrn Andresen an." Das wirkte offensichtlich. Nach einer halben Minute hatte Lübbing den Arzt in der Leitung.

Lübbing versuchte, ihn wohlwollend zu stimmen, indem er sich als Schüler von Andresen vorstellte, der Wesche ja ebenfalls war. Er erzählte wahrheitsgemäß, in welche Dinge er gerade involviert war und kam schließlich auf den Punkt: „Direktor Andresen meinte, Sie könnten mir vielleicht weiterhelfen, was das Schicksal von Franz-Josef Grundel angeht."

Langes Schweigen am anderen Ende der Leitung. Dann die Frage: „Herr Lübbing, Sie wissen schon, dass es so etwas wie eine ärztliche Schweigepflicht gibt, oder? Ich könnte Ihnen allenfalls Auskünfte geben, die Sie sowieso durch eigene Recherchen irgendwann einholen können. Wenn Ihnen das genügt."

„Ja, Sie würden uns damit viel Arbeit ersparen, und die Zeit drängt jetzt. Bestimmt hat der Mörder schon sein nächstes Opfer im Visier."

„Wo sind Sie im Augenblick, Herr Lübbing?"

„In Osnabrück in der Katharinenstraße."

„Meine Praxis schließt in einer halben Stunde. Können Sie, sagen wir, in 45 Minuten hier sein? Meine Privatwohnung ist gleich hinter den Praxisräumen."

„Das geht in Ordnung, Herr Doktor."

Lübbing legte auf. Er bestellte sich ein Taxi und blickte stirnrunzelnd zu Paula, bückte sich zu ihm hinunter. Es ging kein Weg daran vorbei, er würde Paula allein in der Wohnung lassen müssen. Vorsichtshalber füllte er seinen Fressnapf in der Küche mit einer guten Portion Mortadella und stellte ihm frisches Wasser hin. Er war gerade fertig damit, als draußen das Taxi hupte. Schnell ging er zur Wohnungstür und hinaus. Paula schaute ihm sichtlich verdattert hinterher.

Dr. Wesche war ein großer, schlanker Mann mit hohem Stirnansatz. Er begrüßte Lübbing freundlich und führte ihn in eine Art Salon, öffnete die Bar und fragte: „Kann ich Ihnen etwas anbieten?"

„Ein Scotch wäre schön."

„Pur oder mit Eis?"

„Ein Schuss Wasser dazu wäre ideal."

Wesche musste lächeln: „Aha, ich habe einen Kenner vor mir."

Er mischte für Lübbing den Whisky und füllte sich das gleiche ein. Dann fragte er recht unverfänglich: „Und wie geht es dem alten Andresen?"

„Er ist nicht mehr so gut auf den Beinen, aber geistig noch fit. Und er raucht heimlich", antwortete Lübbing.

Wieder schmunzelte Wesche: „Dann hat sich seit meinem letzten Besuch nicht viel verändert." Er wurde jetzt konkret: „Erklären Sie es mir noch einmal, am Telefon war es mir zu unpersönlich. Was und warum wollen Sie etwas über Franz-Josef Grundel wissen?"

Lübbing erzählte noch einmal seine Geschichte, machte noch einmal die Dringlichkeit seines Anliegens deutlich. Als er fertig war, schaute Wesche ihn eine Zeit lang forschend an, um einen Entschluss zu fassen.

„Ich werde Ihnen keine medizinischen Detailinformationen geben. Alles was ich Ihnen sage, können Sie auf anderem Weg auch herausbekommen." Dann begann er zu erzählen: „Mein Vater hat in der Tat Franz-Josef Grundel nach dem Unfall betreut, das weiß hier im Ort fast jeder. Aber er war nur praktischer Hausarzt und bekam seine Verhaltensstörungen, Depressionen und Psychosen nicht in den Griff. Er hat deshalb in gutem Glauben den Jungen an einen Spezialisten überwiesen, mit dem Resultat, dass Grundel in einer staatlichen Anstalt weggeschlossen wurde. Auch das war hier schnell rum. Mein Vater war äußerst schockiert und hat sich viele Vorwürfe gemacht. Grundels Vater hat schließlich dafür gesorgt, dass sein Sohn in ein privates Sanatorium kam. Er war nur Hausmeister und wird sich dafür wohl finanziell ruiniert haben. Franz-Josef war dort über acht Jahre, dann müssen sich endlich Erfolge eingestellt haben. Die medikamentengestützten Therapien können eben doch viel bewegen. Nach seiner Entlassung hat er sogar die Studienberechtigung nachgeholt und ist nach erfolgreichem Abschluss in die USA gegangen."

„Herr Doktor, woher wissen Sie von seinem Studium und von seinem Auslandsaufenthalt?"

„Nun, von ihm selbst."

„Was?", entfuhr es Lübbing verblüfft.

„Ja, er war vor ungefähr zwei Jahren, nach dem Tode seines Vaters wieder hier in Deutschland. Und da die Testamentseröffnung noch ein paar Tage auf sich warten ließ, hat er mich besucht. Das heißt, eigentlich wollte er meinen Vater besuchen. Er war sehr betrübt, als er von seinem Tod erfuhr."

„Hat er Ihnen gesagt, wo in den USA er lebt?"

„Hat er, warten Sie, ich muss nachdenken – ja, Oklahoma City, liegt ziemlich in der Mitte, sagte er."

Lübbing stand auf, trank den letzten Rest Whisky und verabschiedete sich. Dr. Wesche brachte ihn an die Tür. Plötzlich fiel Lübbing etwas ein: „Hat er Ihnen erzählt, was er beruflich macht?"

„Ja, er ist an einer Universität oder einem Institut und beschäftigt sich mit Filmgeschichte."

Lübbing zuckte zusammen. Die nach Filmszenen inszenierten Morde, die Filmzitate – das alles passte zusammen. Lübbing glaubte nun, den Mörder zu kennen. Lag in dem Tod seiner Freundin ein Motiv? Hatte er mehr gewusst als die Polizei, die das Ganze schließlich als Unfall eingestuft hatte. Noch war nichts bewiesen, aber zu vieles passte zusammen. Lübbing fasste einen

Entschluss. Er bat Dr. Wesche: „Kann ich mal Ihr Telefon benutzen?"

„Aber sicher", Wesche zeigte in den Flur.

Lübbing rief Warnecke an: „Kurt, ich komme noch mal vorbei. Sind die anderen auch noch da?"

„Ja, bis auf Bollmann, der ist bei einer Fortbildung. Was ist denn los?"

„Erkläre ich gleich. Ich muss mir nur noch ein Taxi besorgen. Ich bitte euch, wartet auf mich."

Warnecke kannte Lübbing gut genug, um auf dessen Bitte einzugehen, obwohl sie eigentlich alle schon Feierabend hatten. Er sagte kurz: „Wir warten. Aber noch einmal, worum geht es denn?"

Lübbing antwortete: „Ich glaube, ich kenne den Mörder", dann drückte er die Gabel und bestellte ein Taxi.

14

Als Lübbing das Büro der Kommission betrat, bemerkte er sofort die fiebrige Spannung, die ihn erwartete.

Warnecke empfing ihn mit den Worten: „Du hast gesagt, du kennst den Mörder. Wer soll es denn sein?"

„Ich habe gesagt, ich glaube den Mörder zu kennen. Und meiner Meinung nach ist es Franz-Josef Grundel."

„Wer?", kam es entgeistert von Schröder.

„Ich sagte, Franz-Josef Grundel, der Sohn des damaligen Hausmeisters."

„Hör mal Lübbing, nichts gegen deinen Einfallsreichtum und deine Fantasie", Warneckes Stimme klang leicht gereizt, „aber jetzt verrennst du dich. Warum soll Grundel etwas mit den Morden zu tun haben? Er war zwar in psychiatrischer Behandlung, aber ist danach doch nie wieder auffällig geworden. Eine Schnapsidee!"

Auch Lübbings Stimme wurde härter im Klang: „Ich wäre dir dankbar, wenn du mich mal erklären lassen würdest. Erstens, wir sind, glaube ich, alle der Meinung, dass hinter dem Tod Karin Baakes mehr steckt als nur ein Treppensturz. Darauf deuten schon der fehlende Slip und der fehlende Schuh hin. Richtig?"

Allgemeines Nicken.

„Daraus folgt, es muss eine Person geben, die, wenn sie auch nicht unmittelbar an dem Tod beteiligt war, zumindest unbemerkt am Unglücksort gewesen ist. Richtig?"

Wieder nickten die Beamten. Nur Warnecke grummelte: „Nun lass doch dieses blöde Frage-Antwort-Spielchen."

„Zweitens: Franz-Josef Grundel liebte Karin. Vielleicht hätte alles einmal als schwärmerischer Jugendflirt geendet, über den man später lacht. Aber zum Zeitpunkt ihres Todes war sie seine große Liebe und der Tod ein großer Verlust. Dass er danach psychisch labil war, zeigen seine Reaktionen auf ihren Tod."

Warnecke ging noch einmal in Gegenposition: „Das beweist doch alles gar nichts. Dann müsste er mehr Informationen haben als wir. Und die Akten unserer früheren Kollegen sind penibel geführt. Die haben sich damals wirklich in den Fall hineingekniet. Aber Lübbing, damit du Ruhe gibst, soll Peter gleich mal das Melderegister abfragen, ob es einen Franz-Josef Grundel in dieser Gegend gibt."

Lübbing antwortete lapidar: „Da wird er mit Sicherheit nichts finden."

„Siehst du, meine Rede."

„Weil Franz-Josef Grundel seinen Rachefeldzug, oder wie man das nennen will, bestimmt nicht unter seinem richtigen Namen begonnen hat", ergänzte Lübbing.

Warnecke schüttelte genervt den Kopf: „Lübbing, worauf willst du eigentlich hinaus?"

„Franz-Josef Grundel war mehrere Jahre in geschlossenen Anstalten und galt wahrscheinlich schon als hoffnungsloser Fall. Dann wurde er doch als geheilt entlassen, studierte anschließend sogar und ging in die Vereinigten Staaten ..."

„Na, bitte", unterbrach Warnecke ihn, „Vereinigte Staaten, der ist weg."

Aber Lübbing ließ sich nicht beirren, er wusste schließlich, welches Ass er noch im Ärmel hatte. „Und dort hat er einen Lehrstuhl oder ähnliches für Filmgeschichte."

Das saß, eine ganze Zeit herrschte Schweigen. Dann ließ sich Schröder vernehmen: „Verdammt, die Morde, Filmszenen ...", er verstummte wieder.

Auch Warnecke war jetzt verunsichert: „Scheiße, das könnte tatsächlich passen. Aber Vereinigte Staaten, warum sollte er nach dieser ganzen Zeit plötzlich wieder zurückkommen?"

„Vielleicht ein neuer Krankheitsschub", meinte Kerkhoff. „Ich habe mal gelesen, bei psychisch Kranken könne es jahrzehntelang unter der Oberfläche schwelen und plötzlich bricht die Krankheit wieder aus." Er blickte unsicher in die Runde.

„Grundel war vor nicht allzu langer Zeit wieder hier in Deutschland", bemerkte Lübbing.

„Was?"

„Vor zwei Jahren ist sein Vater gestorben. Da war er hier, wegen diverser Formalitäten und Testamentsangelegenheiten. Er hat damals den Sohn des Arztes besucht, der ihn in der ersten Zeit hier in Belm behandelt hat. Von dem weiß ich es."

Jetzt war die Spannung im Raum wieder da. Jeder machte sich seine eigenen Gedanken. Schließlich bemerkte Schröder: „Wir sollten uns mal um die Testamentseröffnung kümmern. Vielleicht gibt es dort Anhaltspunkte."

Kaiser mischte sich ein: „Das lass mich machen. Da Grundel senior in Belm gewohnt hat, nehme ich an, dass dort auch die testamentarischen Angelegenheiten geregelt worden sind. Ich kenne den Notar ganz gut, da nehmen wir einfach den kleinen Dienstweg."

„Gut", Warnecke ergriff die Initiative: „Kaiser erledigt das. Schröder, du kümmerst dich an Stelle von Kerkhoff um das Einwohnerregister und den Eintrag Franz-Josef Grundel. Wir wollen da auf Nummer sicher gehen. Peter, du kontaktest die entsprechenden Dienststellen, um herauszufinden, wo Grundel sich jetzt aufhält. Ich muss gleich hoch zu Laurenz."

Warnecke wollte die Runde schon auflösen, als ihm noch etwas einfiel: „Hat inzwischen jemand eine Idee wegen des letzten Spruchs, den der Täter Lübbing geschickt hat?"

Kopfschütteln. „Wäre auch zu schön gewesen", seufzte der Kommissar.

„Und was soll ich machen?", fragte Lübbing.

„Ausruhen und morgen wiederkommen." Kurze Pause. „Aber vorher meine Entschuldigung annehmen, dass ich dich erst nicht für voll genommen habe."

Lübbing winkte ab: „Das geht schon in Ordnung, Kurt."

Wenig später stand Lübbing vor seinem Haus in der Katharinenstraße und hatte ein ungutes Gefühl. Paula war mehr als einen halben Tag lang allein gewesen, er mochte gar nicht daran denken, wie seine Wohnung aussah. Aber er wurde völlig verblüfft. Paula lag auf seiner Decke, schaute ihn an und wedelte mit dem Schwanz. Er schaute in der Küche nach. Der Fressnapf war leer, aber keine Mortadellareste waren auf dem Boden verteilt. Der Hund hatte sich picobello verhalten. Lübbing freute sich. Er ging wieder zur Tür und rief: „Komm Paula, wir gehen Gassi."

Sofort sprang der Hund auf. Nachdem er sein Geschäft verrichtet hatte, machte Lübbing noch einen Spaziergang um ein paar Häuserblocks. Er schaute hinunter auf Paula, der schien den kleinen Ausflug sichtlich zu genießen.

Und Lübbing dachte: „Waldemar, Waldemar, du bist ein Hundeflüsterer." Er beschloss, sich mit einem Bier bei Fricke-Blöcks zu belohnen.

*

Hugo Schnellte trat lustlos in die Pedalen seines Dienstfahrrads. Es war sein erster Arbeitstag nach einem wirklich gelungenen Urlaub. Früher war er immer motiviert und gut gelaunt wieder zum Dienst erschienen, aber die Zeiten waren lange vorbei. Es war schon eine Schikane, dass er auf einem Freitag wieder anfangen musste, aber die Urlaubsplanung wurde jetzt von einer weit höher angesiedelten Dienststelle vorgenommen, die wenig Rücksicht auf die Mitarbeiter nahm. Der Postzusteller fühlte sich, wie auch die meisten seiner Kollegen, nur noch gegängelt und drangsaliert.

Mit der Privatisierung und Umwandlung der Deutschen Post in eine Aktiengesellschaft hatten sich die Arbeitsbedingungen seiner Meinung nach immer weiter verschlechtert. Plötzlich tauchten sogenannte Qualitätsmanager auf, meist smarte junge Männer, die alles besser wussten, aber wenig Ahnung hatten. Postfilialen wurden geschlossen oder als Agenturen in Supermärkte verfrachtet, die Kunden murrten und beschwerten sich bei ihm, dabei konnte er als Zusteller im Außendienst am wenigsten dafür. Aber er war nun mal jeden Tag vor Ort und in Kontakt mit den Menschen. Persönlich betroffen hatte ihn dagegen die Umstellung seiner Tour. Die war jetzt ein einziges Gehetze. Wäre er nur nicht so früh von der Schule abgegangen. Wenn er bis zum Abitur durchgehalten hätte, wäre etwas Besseres aus ihm geworden. Vielleicht sogar Qualitätsmanager.

Und dann auch noch der seltsame Anruf der Polizei gestern Abend. Der Beamte am anderen Ende der Leitung war sehr höflich gewesen, als er ihn zu einer Befragung am heutigen Nachmittag bat, allerdings auch sehr bestimmt. Er hatte nicht gesagt, worum es ging, nur dass in einem dringenden Fall seine Aussage von Nutzen sein konnte.

Er seufzte, als er die nächste Adresse anfuhr. Ein Einschreiben mit Rückschein, das hieß, er musste klingeln, warten bis der Kunde öffnete, wenn überhaupt jemand zu Hause war. Das kostete Zeit, die er eigentlich gar nicht hatte. Aber wenn er zu früh wegging, konnte das wieder eine Beschwerde bedeuten.

Garibaldistraße 8, auch das noch. Das Haus hatte einige Monate lang leergestanden, und er war froh darüber gewesen, denn es lag von der eigentlichen Straße mindestens 75 Meter zurück.

Als er vor der Haustür stand, verglich er den Namen auf dem Brief mit dem an der Klingel. Korrekt. Er drückte den Knopf und es klingelte schrill und sehr laut. Nachdem er eine halbe Minute gewartet hatte, wiederholte er das Klingeln. Nichts. Er ging zum Fahrrad zurück und wollte gerade aufsteigen, als er eine Stimme hörte: „Hallo Moment, ich bin hier hinten."

Er stellte das Fahrrad wieder auf den Ständer, ging die paar Schritte zurück und schaute um die Hausecke. Am Ende des Gartens sah er ein ziemlich stabiles Häuschen, im Eingang stand ein Mann und winkte ihm.

„Sind Sie Herr Erhardt?", rief Schnellte.

„Ja, was gibt es denn?"

„Ich habe eine Zustellung für Sie."

„Dann werfen Sie sie doch in den Briefkasten."

„Das geht nicht. Es ist ein Einschreiben, Sie müssen den Empfang quittieren."

„Ich kann jetzt hier nicht weg, würden Sie es mir bitte bringen?"

Missmutig näherte der Postbote sich dem Gartenhäuschen. Der Mann im Eingang lächelte ihn an und ging hinein. Er sagte über die Schulter: „Ich habe drinnen einen Kugelschreiber."

Schnellte folgte ihm in das Halbdunkel und blinzelte. Er dachte noch: „Das gibt's doch nicht", als er den Sarg auf dem Boden sah . Dann spürte er schon, wie sich etwas widerlich Riechendes auf seinen Mund und seine Nase presste. Schnellte verlor das Bewusstsein.

Der Mann, der ihn betäubt hatte, ließ den Postboten zu Boden gleiten und ging eilig zu dem Dienstfahrrad. Zwei Minuten später stand es ebenfalls im Gartenhaus. Mit einem Blick die Straße entlang hatte er sich vergewissert, dass sie menschenleer war. Der Mann war zufrieden und machte sich an die Arbeit.

*

Am Freitagmorgen trafen sich alle pünktlich in der Inspektion. Dieses Mal hatte Lübbing wieder Paula dabei. Warnecke tat, als bemerke er es nicht. Dann tauschten sie ihre Informationen aus.

Schröder begann: „Wie wir bereits vermutet haben, ein Franz-Josef Grundel ist derzeit in der Stadt und im Landkreis Osnabrück nicht gemeldet." Dann fragte er Warnecke: „Soll ich den Radius erweitern?"

„Ja, ich glaube zwar nicht, dass das was bringt, aber wir müssen es versuchen."

Schröder nickte.

Warnecke schaute Kaiser an: „Und bei dir?"

„Ganz interessant. Justus Wartenheim, so heißt der Notar, hat sich zuerst etwas geziert, aber ist dann doch in einem gewissen Rahmen mit Informationen rausgerückt, die interessant waren. Also, Heinz Grundel hat alles seinem Sohn Franz-Josef vererbt. War schließlich der einzige Angehörige."

„Gibt es keine Frau Grundel?", fragte Warnecke dazwischen.

„Die ist schon Ende der 60er Jahre verstorben."

Kaiser fuhr fort: „Also, zur Erbschaft. Es gab ein kleines Häuschen mit Gartengrundstück, wo Grundel nach seiner Pensionierung gewohnt hat. Grundel junior hat den Notar mit dem Verkauf beauftragt, was der auch gemacht hat. Das Geld aus dem Verkauf wurde einige Monate später in die Staaten überwiesen. Die bewegliche Habe interessierte Grundel außer ein paar Erinnerungsstücken nicht. Der Notar hat sie einer karitativen Institution übergeben. Jetzt wird es interessanter. Wartenheim deutete an, dass es mehre Konten, Sparbücher und Fondseinlagen in beträchtlicher Höhe gab, die für einen pensionierten Hausmeister sehr ungewöhnlich waren. Er hat natürlich keine Zahlen genannt, meinte aber, er könne von solchen Summen nur träumen. Und dann gab es noch einen versiegelten Briefumschlag. Das ist zwar eigentlich nichts Besonderes. Aber er hat Grundel senior besonders am Herzen gelegen. Er hat gegenüber dem Notar bei verschiedenen Kanzleibesuchen betont, wie wichtig der für seinen Sohn sei. So, das war es von meiner Seite."

„Hat Wartenheim später noch mal Kontakt mit dem jungen Grundel gehabt?"

„Nein, nicht mehr. Auch nicht wegen der fälligen Gebühren, man hatte vereinbart, dass der Notar diese direkt von der Summe aus dem Hausverkauf abzieht."

„Woher hat ein Hausmeister so viel Geld?", fragte Bollmann.

„Kann ganz harmlos sein. Vielleicht hat er es auch schon geerbt", spekulierte Schröder.

Warnecke fragte nun Kerkhoff: „Was ist bei deinen Ermittlungen herausgekommen?"

Kerkhoff räusperte sich: „Das Interessanteste ist sicher, dass Franz-Josef Grundel vier Monate, nachdem er aus Deutschland wieder zurück war, also vier Monate nach der Erbschaft, seinen Posten in Oklahoma aufgegeben hat."

„Das muss auch nichts zu bedeuten haben. Kann sein, dass er das viele Geld in der Karibik verjubelt", meinte Kaiser.

„Daran glaube ich jetzt nicht mehr", sagte Warnecke.

Kerkhoff fuhr fort: „Die Kündigung kam um so überraschender, als Grundel endlich eine Festanstellung angeboten worden war. Darauf hatte er seit Jahren gewartet, er war bis dahin nämlich nur als Honorardozent tätig."

„Fotos von ihm?", fragte Warnecke.

„Bescheiden. Zwar gibt es natürlich die üblichen Jahrbücher. Aber dort sind nur die festangestellten Lehrkräfte abgebildet. Wir bekommen eines von Grundel, das bei seinem Antritt an dem Institut gemacht wurde. Ist allerdings so um die 15 Jahre alt." Kerkhoff hatte seinen Bericht beendet, und alle schwiegen eine Weile.

Dann ergriff Warnecke das Wort: „Es gibt zwei Möglichkeiten. Entweder es ist alles ganz harmlos, Lübbings These ist falsch und

Grundel genießt wirklich nur seinen neuen Reichtum. Oder hier läuft ein psychisch Kranker, aber äußerst einfallsreicher und intelligenter Mörder herum, der höchstwahrscheinlich noch weiter morden wird."

„Und was glaubst du?", fragte Bollmann.

„Ich glaube, dass Lübbing Recht hat." Wieder betretenes Schweigen.

In die Stille hinein sagte Lübbing: „Kurt, du hast eben die Charakterzüge des Mannes beschrieben. Zwei ganz wichtige hast du vergessen."

Alle schauten Lübbing an: „Er leidet unter Realitätsverlust und ist überheblich. Warum schickt er mir sonst diese Fotos. Sie sind die auffälligsten Spuren, die er hinterlässt. Entweder er meint, er ist cleverer als wir, oder er will geradezu, dass wir ihn irgendwann erwischen – und das ist die große Chance für euch."

Warnecke nickte nachdenklich, dann straffte sich seine Haltung: „Wir können sowieso nur weitermachen wie bisher und das heißt, heute Nachmittag die vorgeladenen Zeugen befragen. Peter, sobald das Foto von Grundel da ist, möchte ich es sehen."

Kerkhoff nickte.

„Ich mach dann Wochenende", sagte Lübbing.

*

Schnellte wurde nur schwer wieder wach. Seine Schläfen pochten. Als er sie reiben wollte, stießen seine Hände an Wände. Er konnte sie nicht bis zum Kopf hoch bewegen. Wo war er?

Es war stockdunkel. Er wollte sich aufrichten, stieß mit dem Kopf ebenfalls gegen eine Wand. Das Gleiche, als er die Knie anzog. Automatisch schaute er in Richtung seiner Beine. Nichts zu sehen, nur dort wo seine Füße lagen, nachdem er die Beine wieder ausgestreckt hatte, sah er einen kleinen Lichtschimmer. Schnellte war ein besonnener Mensch. Er versuchte die aufkommende Panik zu unterdrücken. Überlegte. Er war auf Tour gewesen. Hatte als letztes ein Einschreiben zustellen wollen. Das Gartenhäuschen fiel ihm ein. Der auf dem Boden stehende Sarg.

DER SARG. DER SARG. Die Erkenntnis überfiel ihn jäh. ER LAG IN EINEM SARG. Aus seiner Kehle drang ein dumpf stöhnender Laut. Dann schrie er, heulte. Minutenlang. Konnte nichts dagegen tun. Hämmerte mit den Fäusten und den Kniescheiben an diese schwarzen Wände. Merkte, wie ihn sein eigener Urin nässte. ER LAG IN EINEM SARG.

Irgendwann ging sein Schreien in ein hilfloses Wimmern über. Er hatte keine Kraft mehr, weinte nur noch. Plötzlich blendete ihn Helligkeit. Er blinzelte, brauchte einige Zeit, bis er registriert hatte, dass direkt über seinen Augen eine Klappe geöffnet worden war. Ein Gesicht erschien.

„Na Hugo, ein bisschen eng da drinnen, oder?"

Schnellte erkannte den Empfänger des Einschreibens, der Mann, der ihn hier hineinverfrachtet hatte. Er roch den Atem. Stinkend nach Alkohol, Zigaretten und einem weiteren säuerlichen Geruch. Der irre, flackernde Blick machte ihm zusätzlich Angst. Er merkte, wie erneut die Panik in ihm aufstieg.

Er wurde belehrt: „Also Hugo, nun bleib mal ganz ruhig. Sonst mache ich die Luke wieder zu und dabei will dir doch die ganze Sache hier erklären. Das hier ist nämlich kein einfacher Sarg, in dem du liegst. Übrigens ohne unbescheiden sein zu wollen, von mir selbst gebaut. Was du nicht sehen kannst, ist eine ebenfalls von mir entwickelte Konstruktion hier draußen."

Schnellte schloss die Augen und stöhnte gequält.

„Aber Hugo, etwas mehr Aufmerksamkeit bitte. Ich habe das alles schließlich nur für dich gemacht. Hör mir zu. Diese Luke hier, durch die du mich sehen kannst, hat keine besondere Funktion. Sie ist nur dazu da, um mit dir zu sprechen. Die beiden Löcher am Fußende, die dir wahrscheinlich schon vorhin in der Dunkelheit aufgefallen sind, sind da schon wichtiger. Eins ist dazu da, damit du Luft kriegst, wenn ich diese Luke wieder verschließe. Wir wollen doch nicht, dass du erstickst."

Schnellte riss erschrocken die Augen auf.

„Das zweite Loch ist kleiner. Nur so groß, dass man mit sanfter Gewalt einen sehr dünnen Schlauch durchpressen kann. Hier draußen steht zudem ein ziemlich großer Behälter gefüllt mit

Wasser. Dieses Wasser wird zunächst zu einem Dosierer geleitet und dann durch den Schlauch in deine, sagen wir mal, derzeitige Behausung."

Schnellte hörte ein Kichern.

„Du musst dir das ungefähr wie bei einem Tropf im Krankenhaus vorstellen. Fein dosiert über den ganzen Tag hinweg tröpfelt dir da etwas in die Venen. Ich will dir meine Konstruktion einmal demonstrieren."

Das Gesicht verschwand und nach kurzer Zeit hörte Schnellte, wie am Fußende des Sarges hantiert wurde. Da durch die Luke genug Licht hereinfiel, konnte er im Halbdunkel erkennen, wie tatsächlich ein dünnes Schlauchende durch eine Öffnung eingeführt wurde. Eine halbe Minute später fühlte er den ersten Tropfen auf seinen Beinen. Das Wasser war warm, aber er begann trotzdem, unkontrolliert zu zittern. Das Gesicht erschien wieder über der Luke.

„Ist doch nicht zu kalt das Wasser, oder? Weißt du, deine Postuniform musste ich dir ausziehen, die brauche ich noch zu einem anderen Zweck."

Da war es wieder, dieses unheimliche Kichern.

„Tröpfelt es noch, Hugo? Soll es auch, immer schön regelmäßig. Genau gesagt wird es noch 30 Stunden tröpfeln, dann ist der Sarg, natürlich eine absolut wasserdichte Konstruktion, voll. War gar nicht einfach, das so genau zu berechnen."

Schnellte versuchte etwas zu sagen, brachte aber nur ein Krächzen heraus, was ihn noch mehr verzweifeln ließ. Nun war das Zittern auf sein Kinn übergegangen.

„Das mit den 30 Stunden hat natürlich einen Sinn. Sie war 15, ich war 15, ergibt zusammen 30."

Schnellte hielt die Augen geschlossen. Er fasste auch keinen klaren Gedanken mehr. Der Mundgeruch seines Peinigers war nun noch stärker zu riechen. Das Gesicht hatte sich ganz dicht über die Luke gebeugt.

„Du sollst wenigsten wissen, warum du in diesem Sarg sterben wirst."

Schnellte riss die Augen entsetzt wieder auf.

Das Gesicht spucktes die Worte förmlich hinaus: „KARIN BAAKE!“

Dann schloss sich die Luke.

Franz-Josef Grundel erhob sich. Nach der Anspannung kam jetzt eine leichte Erschöpfung, aber auch Zufriedenheit. Er schaute sich im Gartenhäuschen um. Das Dienstfahrrad und die Bekleidung des Briefträgers konnte er erst einmal hier liegenlassen. Er hatte 30 Stunden Zeit.

Sein Blick fiel auf das Einschreibekuvert, das er aufgegeben und an sich selbst adressiert hatte. Es könnte ihm noch gute Dienste leisten. Er hob es auf. Dann schloss er die Gartenlaube sorgfältig ab.

„30 Stunden Zeit“, dachte er, während er auf sein Wohnhaus zuschlenderte. 30 Stunden Zeit, um sich um Lübbing zu kümmern.

15

Nachmittags trafen zu den vereinbarten Terminen die geladenen ehemaligen Schüler ein. Jeweils zwei Beamte bildeten ein Befragungsteam. Schröder und Bollmann sowie Kerkhoff und Kaiser. Sie arbeiteten abwechselnd. Warnecke war bei jeder Befragung zugegen, beteiligte sich aber nicht aktiv daran, sondern hielt sich im Hintergrund. „Atmosphäre schnuppern", nannte er das.

Die ersten beiden Männer trafen pünktlich ein. Man hatte sie jeweils im Ein-Stunden-Takt bestellt. Im wesentlichen waren es immer die gleichen Fragen, die die Beamten stellten. Sie erkundigten sich zunächst nach der aktuellen Lebenssituation der Männer. Familiäres Umfeld, Beruf, Hobbies. Dann wurde das Augenmerk auf die Schulzeit, speziell auf das betreffende Jahr 1977 gelenkt. Man fragte nach den alten Schulzeiten, an welche Cliquen sie sich erinnerten, nach eventuell noch heute bestehenden Kontakten zu Schulkameraden.

Bei den ersten beiden Befragten ergab sich ein fast identisches Bild. Beide verheiratet, soziale Situation gesichert, persönliches Umfeld stabil, ein bürgerliches Durchschnittsleben. Während der eine noch lose Kontakte zu früheren Schulkameraden oder Kameradinnen hatte, was dadurch bedingt war, dass er noch in Belm wohnte, verneinte der andere dies, da er seit über zehn Jahren in der Nähe Hannovers wohnte. Der vernehmende Schröder bedankte sich höflich bei dem Mann, dass er trotzdem pünktlich zu diesem Termin gekommen war.

Beide Männer konnten sich noch an den Unglücksfall am Osterwochenende 1977 erinnern. „So etwas vergisst man nicht. Man kommt am Dienstag wieder in die Schule und muss hören, dass eine Mitschülerin tot ist."

An das Mädchen selbst hatten beide jedoch kaum eine Erinnerung. Schließlich wurden sie mit einem Dank für ihre Kooperation entlassen. Die Kripobeamten unterhielten sich kurz, und man war sich schnell einig, dass die beiden Personen wirklich nur das wussten, was sie ausgesagt hatten.

Warnecke blickte schließlich auf die Uhr und fragte: „Wo bleibt denn unser nächster Gast? Wer wäre jetzt denn dran?“

Schröder antwortete: „Hugo Schnellte. Das war der, der bis gestern noch im Urlaub war. Postbeamter. Ich habe ihn am gestrigen Abend noch erreicht. Der war eigentlich ganz vernünftig. Zwar völlig überrascht, aber er versprach, pünktlich hier zu sein. Wahrscheinlich hat er sich nur verspätet.“

Die Polizisten warteten weitere zwanzig Minuten, beschäftigten sich mit Akten. Der penible Schröder räumte seinen Schreibtisch auf. Warnecke schaute ihm eine Weile zu, während er an das Chaos auf seinem eigenen Schreibtisch dachte. „Schröder, klemm dich mal an die Muschel und versuch, diesen Schnellte zu erreichen“, sagte er schließlich unwirsch.

Schröder schaute kurz in sein Notizbuch, suchte eine Nummer heraus und verschwand im Nebenraum.

In diesem Augenblick klopfte es, und die Tür wurde ziemlich schwungvoll aufgerissen. Zwei Männer betraten den Raum. Der Erste ein ziemlich massiger Typ mit einem Hang zur Fettleibigkeit. Seine rote Gesichtsfarbe zeugte von Bluthochdruck. Er hatte ein helles Jackett über dem Arm. Obwohl es nicht übermäßig warm war, zeigten sich auf seinem rosafarbenen Hemd Schweißflecken unter den Achseln. Trotzdem lag die Krawatte fest gebunden um seinen Hals. Sie war in einem flammenden Rot gehalten, durchbrochen von hellblauen Querstreifen.

„Farblich so geschmacklos wie das Hemd“, dachte Warnecke.

Kerkhoff fühlte sich an einen übergewichtigen Flamingo erinnert.

Einen Kontrast dazu stellte der zweite Mann dar. Gedeckt blauer Anzug, zugeknöpft. Schneeweißes Hemd, die Krawatte in dezentem Grau. Er reichte der ersten Person gerade bis zur Schulter, in der Beuge seines rechten Arms hielt er eine Aktentasche.

Der Flamingo war offenbar wütend, jedenfalls polterte er sofort los: „Tag, meine Herren. Ich bin Meißner, Franz Meißner. Wer von Ihnen ist Bollmann?“

Bollmann erhob sich und wollte antworten, kam aber überhaupt nicht zu Wort.

„Sie sind das also. Wohl ein junger Wichtigtuer. Mich einfach hierher zu bestellen. Ich habe ein Unternehmen zu führen, wichtige Entscheidungen zu treffen, und Sie stehlen mir die Zeit, Sie halbwüchsiger Schnösel!"

Warnecke hob die Augenbrauen, dann schrieb er etwas auf einen Notizblock.

Der gedeckte blaue Anzug meldete sich zu Wort: „Meine Herren, Meyer, Heinrich Meyer. Ich bin der Anwalt von Herrn Meißner. Mein Mandant verpasst wegen ihrer Vorladung einen wichtigen, ich betone, sehr wichtigen Termin. Ihre Vorgehensweise ist doch wohl etwas ungewöhnlich. Wir möchten Ihren Vorgesetzten sprechen."

Der Flamingo tönte dazwischen: „Und wenn ich durch Sie irgendwelche finanziellen Einbußen habe, werde ich Sie verklagen!"

Warnecke hatte auf einem zweiten Zettel wiederum etwas notiert. Er erhob sich und drückte dem verdutzten Anwalt das Papier in die Hand.

„Bitte sehr, die Zimmernummer unseres Vorgesetzten, Dr. Laurenz. Sie können direkt zu ihm gehen."

Jetzt schaute auch der Flamingo verdutzt. Der Anwalt blickte noch einmal auf den Zettel, berührte Meißner am Arm und wandte sich zur Tür.

Warnecke säuselte geradezu: „So, liebe Kollegen, dann wollen wir jetzt einmal in Ruhe die Anzeige gegen Herrn Meißner formulieren."

Die beiden Besucher drehten sich wieder um. Der Anwalt fragte entgeistert: „Anzeige, was für eine Anzeige? Herr Meißner hat sich doch nichts zu Schulden kommen lassen."

Warneckes Stimme dröhnte jetzt durch den Raum: „Nichts zu Schulden kommen lassen. Was glauben Sie denn, was das eben war, Herr Anwalt ? Glasklare Beamtenbeleidigung, *Wichtigtuer, junger Schnösel*. Und das in Gegenwart von anderen Beamten. Also, jetzt raus hier. Wir sehen uns dann demnächst unter anderen Umständen wieder, Herr Meißner. Guten Tag", bellte Warnecke abschließend.

Der Kopf des Flamingos war noch röter geworden. Er schluckte nervös.

Auch der Anwalt wirkte verunsichert, dann trat er auf Warnecke zu. „Herr Kommissar, es mag sein, dass mein Mandant etwas überreagiert hat. Aber immerhin ist er hier erschienen und ..."

Warnecke schnitt ihm das Wort ab: „Ja, um meine Mitarbeiter zu beleidigen!"

Anwalt Heinrich Meyer holte tief Luft. Dann sagte er mit gedämpfter Stimme: „Ich werde noch einmal mit ihm reden. Man muss die ganze Sache doch nicht unnötig aufbauschen."

„Bitte sehr, reden Sie mit ihm!", meinte Warnecke kurzangebunden.

Der Anwalt ging wieder zum Flamingo, nahm ihn etwas beiseite und redete leise auf ihn ein. Die Beamten warteten.

Nach einer halben Minute trat Meißner an den Schreibtisch von Bollmann und sagte, immer noch sichtlich verdrossen, aber schon längst nicht mehr so selbstsicher wie zu Beginn seines Auftrittes: „Also ..." Er setzte noch einmal an: „Also, ich möchte mich entschuldigen ... Und was wollen Sie wissen?"

Bollmann nickte kurz und zeigte auf einen Stuhl. „Herr Meißner, es geht lediglich um ein paar Fragen zu Ihrer Schulzeit."

Der Flamingo blickte erstaunt: „Zu meiner Schulzeit? Das ist doch ewig her."

„Können Sie sich an irgendetwas Besonderes erinnern?"

„Besonderes? Nein, das waren ganz normale Jahre."

Bollmann setzte nach: „Der Unglücksfall Karin Baake."

Meißner runzelte kurz die Stirn: „ Karin Baake? Das war doch nicht die, die eine Treppe hinuntergestürzt ist, oder?"

„Kannten Sie sie näher?"

„Nein, die war ein oder zwei Jahrgänge unter mir."

„Sagen Ihnen die Namen Roland Köhler, Jürgen Pfitzner und Ludwig Brandt etwas?"

Wieder das Stirnrunzeln: „Ja, doch. Wir waren eine Zeit lang in derselben Klasse."

„Noch irgendwelche Kontakte?"

„Nein. Ich bin gleich nach Beendigung meiner Schulzeit aus

Belm weggezogen. Ich kann mich nicht erinnern, jemals wieder einen von denen getroffen zu haben."s

Schröder hatte mittlerweile wieder den Raum betreten und sprach flüsternd mit Warnecke. Der stutzte, schüttelte unwillig den Kopf und nahm dann ein paar Aktenordner aus seiner Ablage. Er trat an Bollmanns Schreibtisch, legte die Ordner darauf und stützte sich mit beiden Armen auf dem Schreibtisch ab. Vorgebeugt schaute er Meißner einen Augenblick durchdringend an und sagte dann: „Ihre ehemaligen Klassenkameraden Köhler, Pfitzner und Brandt sind tot. Sie sind Opfer der Mordserie, die uns seit einigen Wochen beschäftigt."

Meißner schnappte nach Luft, sein rötlicher Teint verlor sichtlich an Farbe. Hilfe suchend sah er seinen Anwalt an, der auch sofort für ihn in die Bresche sprang. „Wollen Sie damit andeuten, Herr Meißner habe etwas mit den Morden zun?"

Warnecke schüttelte den Kopf: „Ich will hier überhaupt nichts andeuten. Fakt ist nur, dass die Zahl der noch lebenden Schüler dieser Klasse erheblich abgenommen hat."

Er griff in die erste Akte, zog ein Foto heraus und legte es vor die beiden hin.

„Roland Köhler, erdrosselt!", ein Griff in die zweite Akte. „Jürgen Pfitzner, ertränkt!"

Und schließlich das dritte Opferbild. „Ludwig Brandt, Erstickungstod auf ganz widerliche Art und Weise!"

Meißner und sein Anwalt starrten entsetzt auf die Fotos. Schließlich raffte Meyer sich auf, schob die Bilder zusammen und zurück zu Warnecke. Meißner saß schweigend und schwer atmend da. Den Schweiß tupfte er sich mit seiner Krawatte von der Stirn.

Warnecke kam zum Finale: „Und ein weiterer Mitschüler von Ihnen, Hugo Schnellte, wird mittlerweile vermisst, wie mir mein Kollege hier gerade berichtete. Haben Sie uns nicht doch etwas zu sagen, Herr Meißner?"

Meißner war in sich zusammengesunken. Auch wenn er seine Hände zwischen die Knie geklemmt hatte, war das Zittern nicht zu übersehen, vor allem dann nicht, als er in die Brusttasche seines Hemdes griff und ein kleines Tablettenbehältnis herausholte.

Mühsam presste er hervor: „Der Blutdruck. Kann ich ein Glas Wasser haben?"

Meißners Zittern wurde so stark, dass er einen Teil des Wassers, das Bollmann ihm eingegossen hatte, über dem Tisch vergoss. Schließlich nahm sein Anwalt ihm das Glas aus der Hand, wartete, bis Meißner die Tablette im Mund hatte, und gab ihm dann zu trinken. Der Mann trank mit gierigen Zügen. Dann lehnte er sich erschöpft zurück. Alle ließen ihn ein paar Augenblicke in Ruhe. Dann beugte Meißner sich vor, schlug die Hände vor das Gesicht und sagte dumpf: „Es war ein Unfall. Mein Gott, nur ein Unfall. Keiner von uns hat das gewollt. Wirklich nicht! Und nun, nach all den Jahren ...", er ließ den Satz unvollendet.

Warnecke, jetzt schon fast behutsam, forderte Meißner auf: „Erzählen Sie."

„Herr Meißner braucht hier überhaupt nichts zu erzählen", intervenierte der Anwalt.

Meißner legte ihm die Hand auf den Arm: „Ich will das jetzt loswerden."

Der Anwalt schwieg.

Meißner holte tief Luft und begann: „Wir trafen uns immer an der alten Eiche unterhalb der Schule. Mal drei, mal sieben, die Anzahl wechselte immer mal. Hier konnten wir rauchen oder in Ruhe einen Pack Bier leermachen. Wir waren zu der Zeit eben pubertierende Rotzlöffel. An dem Tag, es war, glaube ich, der Ostersamstag, waren wir zu fünft."

Warnecke fragte dazwischen: „Die drei Toten, der Vermisste und eben Sie, oder?"

Meißner nickte: „Das Mädchen kam plötzlich die Treppe vom Schulhofgelände herunter. Wir hatten alle etwas getrunken, und so pfiffen wir und forderten sie auf, zu uns zu kommen. Es war zunächst alles ganz harmlos. Wir schäkerten mit ihr herum, machten dumme Bemerkungen, protzten ein wenig. Dann hat Pfitzner irgendeine Bemerkung gemacht, die ihr nicht gefiel, und die Stimmung kippte. Als er dann auch noch unter ihr Kleid fasste, stieß sie ihn zurück und rannte weg. Jemand, ich glaube ebenfalls Pfitzner, schrie etwas wie *Hinterher*!, und wir sind wirklich hinterhergerannt. Alle. Köhler war ihr am dichtesten auf den Fersen. Oben an der Treppe hat sie sich umgedreht und wollte ihn treten. Der hat aber den erhobenen Fuß gepackt, sie ist hintenübergeschlagen, mit dem Kopf auf die Stufen."

Meißner machte eine Pause, nahm dankbar das ihm angebotene Wasser. „Wir haben erst überhaupt nicht realisiert, was passiert ist. Ich glaube, Brandt ist dann näher an sie herangegangen und hat gesagt, mein Gott, sie ist tot."

Meißner hielt wieder einen Augenblick inne und sammelte sich. „Um ihren Hinterkopf hatte sich eine kleine Blutlache gesammelt, nicht viel, so wie bei einer kleinen Platzwunde. Aber diese Augen, diese gebrochenen Augen. Ich habe sie jetzt wieder deutlich vor mir." Er schlug erneut die Hände vors Gesicht. Der Anwalt hatte der Aussage Meißners fassungslos zugehört.

Schröder fragte: „Herr Meißner, was ist mit Karin Baakes Slip und dem rechten Schuh geschehen?"

Meißner blickte wieder auf: „Das war Pfitzners Idee. Er sagte, am Slip seien seine Fingerabdrücke und am Schuh die von Köhler. Pfitzner hat ihr die Sachen auch ausgezogen. Ich hätte es nicht über mich gebracht, das tote Mädchen zu berühren."

„Und wo sind die beiden Teile geblieben?"

„Pfitzner hat sie in den halbleeren Bierkarton gepackt und dann heimlich in irgendein Osterfeuer geworfen. Jedenfalls hat er das erzählt. Wir haben uns noch gegenseitig Mut gemacht, den Mund zu halten. Es hatte schließlich niemand das Unglück gesehen." Meißner verstummte. Er war fertig.

Anwalt Meyer fragte den Hauptkommissar: „Was wird jetzt aus meinem Mandaten? Wollen Sie ihn festnehmen?"

Warnecke überlegte. Man würde wohl eine Untersuchung einleiten, aber für eine Festnahme sah er wirklich keine Veranlassung. Köhler hatte das Mädchen zu Fall gebracht, und der war tot! „Nein, Herr Meißner, wir werden Sie nicht festnehmen, aber wir werden Sie unter Beobachtung nehmen, und zwar zu Ihrem eigenen Schutz. Das klappt am besten, wenn Sie zu Hause bleiben. Was den Tod von Karin Baake betrifft, da wird sich die Staatsanwaltschaft mit Ihnen in Verbindung setzen. Wir müssen jetzt vorrangig nach dem verrückten Mörder suchen, der wahrscheinlich Hugo Schnellte in seiner Gewalt hat. Und Sie sind der fünfte auf seiner Liste. Haben wir uns verstanden?"

Meißner schaute etwas hilflos seinen Anwalt an. Der nickte.

Die beiden Männer erhoben sich und wandten sich zum Gehen. Der Anwalt fragte noch: „Kennen Sie den Täter?"

„Wir glauben schon."

Meißner fragte: „Wer?"

„Das werde ich Ihnen sagen, wenn der ganze Spuk vorbei ist. Hoffentlich ist das bald der Fall."

Als die beiden Männer gegangen waren, bemerkte Kerkhoff zu Warnecke: „Hättest du ihn nicht festnehmen können?"

„Ich war mir nicht so sicher. Ich kann den Fall noch nicht richtig einordnen. Er hat sich nach eigener Aussage zurückgehalten. Man könnte ihm vielleicht unterlassene Hilfeleistung unterstellen, weil er Pfitzner nicht zurückgehalten hat. Aber es wird wohl alles zu schnell geschehen sein. Und der tödliche Sturz ist nach seiner Aussage durch Köhler verursacht worden. Allerdings hat er seine Kumpels gedeckt. Aber sie waren alle noch Jugendliche. Und schließlich liegt das Ganze neunundzwanzig Jahre zurück. So einen Fall habe ich auch noch nicht gehabt."

Warnecke fuhr fort: „Und jetzt zu Hugo Schnellte. Schröder, du sagtest, er sei verschwunden. Was ist genau passiert?"

Schröder zuckte mit den Schultern: „Wie ich schon sagte, verschwunden. Er ist heute Morgen wie gewohnt zum Dienst erschienen und hat sich auf seine Tour gemacht. Zurückgekommen ist er bis eben nicht. Auch keine Unfallmeldungen oder Aufnahmen in ein Krankenhaus. Einfach verschwunden, mitsamt Dienstfahrrad und der zuzustellenden Post. Bei sich zu Hause ist er ebenfalls nicht aufgetaucht."

„Scheiße", ließ sich Kaiser vernehmen, „das wird wieder so eine Puzzlearbeit."

„Was meinst du damit?", fragte Warnecke.

„Na ja, er ist doch offensichtlich auf seiner Tour verschwunden, und um das genauer einzukreisen, brauchen wir erstens seinen Zustellbezirk. Auflistung sämtlicher Straßen und so. Und zweitens müssen wir dann versuchen einzukreisen, wo auf seiner Tour er verschwunden ist , indem wir sie ablaufen und die Anwohner fragen, wer heute seine Post bekommen hat und wer auf seine Post wartet. Aber es kann endlich eine deutliche Spur zum Täter sein."

Kerkhoff stöhnte: „Das dauert ewig."

„Wir könnten von beiden Seiten seines Tourenplans anfangen, dann geht es schneller", schlug Bollmann vor.

Warnecke nickte: „So machen wir es. Schröder und Kaiser, kümmert ihr euch um die Unterlagen von der Post. Kerkhoff sorgt für den Personenschutz für Meißner. Bollmann, du informierst die Kollegen vom zuständigen Polizeirevier, was morgen auf sie zukommt. Und ich rufe Lübbing an. Ich finde, er hat verdient, die Neuigkeiten zu erfahren."

Er wollte schon zum Telefon, als er sich noch einmal umdrehte: „Ich weiß, morgen ist Samstag, und ihr habt in den letzten Wochen schon viel getan. Aber wir müssen einfach in dieser Sache am Ball bleiben."

Keiner der anwesenden Beamten erhob einen Einwand.

16

Lübbing telefonierte am Freitagabend länger mit Warnecke, der ihn über die neuen Erkenntnisse unterrichtete. Zwar bot Lübbing an, ebenfalls am Samstag in die Inspektion zu kommen und bei der Suche nach dem vermissten Postboten zu helfen, aber Warnecke lehnte das bestimmt, wenn auch freundlich ab. „Nein, das ist nun wirklich nicht dein Job. Und das könnte auch gefährlich werden, wenn wir auf den Mörder stoßen sollten. Mach dir ein ruhiges Wochenende. Ich verspreche, wenn etwas Entscheidendes passiert, bist du der Erste, der es außerhalb der Inspektion erfährt."

Dann wechselte er das Thema: „Sag mal, wann kommt Helen eigentlich wieder?"

„Das weiß ich gar nicht so genau. Sie wird sich dann wohl melden."

Lübbing verschwieg, dass das letzte Telefonat mit ihr alles andere als erfreulich verlaufen war. Das ging nur ihn und Helen etwas an.

„Was macht der Hund?"

„Er benimmt sich von Tag zu Tag tatsächlich mehr wie ein Hund. Es wird immer besser, aber ich traue dem Frieden noch nicht so ganz."

Warnecke gluckste: „Na, dann kannst du im *Grünen Jäger* ja bald einen zweiten Versuch mit ihm starten."

„Woher weißt du denn von dem Hausverbot?", fragte Lübbing überrascht.

„Mühsame, tagtägliche Ermittlungsarbeit", antwortete Warnecke fröhlich. „Und vergiss nicht, bei allem, was du tust: Big brother is watching you!"

Das Gespräch hatte Lübbing gut getan. Nicht unbedingt wegen der neuen Informationen zu der Mordserie. Es war vielmehr der scherzhafte Ton zum Abschluss. Er merkte, dass aus dem Respekt, den Warnecke und er aufgrund der Zusammenarbeit in zwei früheren Mordfällen füreinander empfanden, so etwas wie eine Freundschaft heranzuwachsen begann, und das freute ihn. Dabei fiel ihm ein, dass, obwohl Warnecke schon vor mehr als einem Jahr von Melle nach Osnabrück versetzt worden war, sie noch niemals etwas privat zusammen unternommen hatten. Er nahm sich vor, das in nächster Zeit zu ändern.

Lübbing überlegte. Er hatte also ein ganzes Wochenende für sich, mal abgesehen von Paula. Ein „Lübbing Special" war mal wieder fällig. Ein Blick auf die Uhr zeigte ihm, dass es noch nicht zu spät war zum Einkaufen. Kurzentschlossen schnappte er sich den Einkaufskorb, tätschelte den Hund und machte sich auf den Weg zu dem Laden, der gleich um die Ecke lag. Wie immer wählte er nach Lust und Laune aus, was ihm gerade in den Sinn kam. Französisches Landbrot und einen vollfetten Brie, Rindsalami mit Irish-Whiskey-Aroma, eine ordentliche Portion sonnengetrocknete, in Olivenöl eingelegte Tomaten und schließlich zwei Flaschen trockenen, einfachen, aber ehrlichen französischen Landwein. Auf dem Weg zur Kasse fiel ihm plötzlich etwas ein. Er ging nochmals zur Fleischtheke und kaufte ein großes Stück Krakauer. Nach zwanzig Minuten war er wieder in seiner Wohnung.

Paula empfing ihn schnüffelnd und trottete erwartungsvoll hinter ihm her in die Küche. Lübbing packte seine Einkäufe aus, öffnete die erste Flasche Wein, das Landbrot schnitt er zum Teil in Scheiben, alle anderen Köstlichkeiten legte er auf Teller oder in kleine Schalen. Alles kam schön angeordnet auf den Tisch. Das Auge isst schließlich mit. Zum Schluss schnitt er die Krakauer in mundgerechte Stücke und füllte sie in Paulas Fressnapf.

Er hatte sich gerade gesetzt und das erste Glas Wein eingegossen, als er merkte, dass Musik fehlte. Lübbing entschied sich für die Soft Boys, und Sekunden später schallte das hymnische „Underwater moonlight" durch seine Wohnung. Ein kurzer Blick auf Paula zeigte ihm, dass der Hund nur mit seiner Krakauer beschäftigt war und zur Musik bestimmt keinen heulenden Kommentar abgeben würde. Er ließ sich während des Essens von der magischen Stimme und dem gefühlvollen Gitarrenspiel Robyn Hitchcocks treiben, und passend mit dem letzten Stück der CD war auch die Flasche Wein geleert und er satt.

Er öffnete die zweite Flasche Wein und wählte eine neue CD aus. „Bad Company“ mit dem legendären Paul Rodgers. Paula war mittlerweile vollgefressen und sanft entschlummert. Lübbing griff sich das Buch von Arno Surminski, das er gestern angefangen hatte zu lesen. Er mochte diesen Schriftsteller. Immer ein wenig melancholisch, in einem klaren melodischen Stil mit präziser Beobachtungsgabe.

Rundum zufrieden ging er früh zu Bett und war binnen Minuten eingeschlafen.

*

Nachdem er zum Frühstück nur eine Tasse Tee zu sich genommen hatte, das opulente Mahl vom Vorabend sättigte immer noch, beschloss er, ein wenig in der Wohnung aufzuräumen und später am Vormittag seinen Marktgang zu machen. Mal sehen, wie Paula sich dabei verhalten würde. Er schaute zu dem Tier hinunter, das kurz die Augen öffnete, sich dann aber wieder seligen Hundeträumen hingab. „Paula, Paula, der Marktgang wird heute deine Nagelprobe“, murmelte Lübbing, „wenn alles normal verläuft, kaufe ich dir sogar einen Knochen.“

Er schaute sich prüfend in der Wohnung um. Womit anfangen? Eigentlich müssten die Fenster mal wieder gereinigt werden. Aber er hasste es, Fenster zu putzen. „Was soll's, in drei Monaten werden die Tage ohnehin wieder kürzer.“ Staubsaugen? Dann würde Paula wach werden, und er wusste noch nicht, wie der Hund darauf reagieren würde. Schließlich beschloss er, die Küche einer Grundreinigung zu unterziehen.

Er hatte sich gerade die Haushaltshandschuhe übergezogen und warmes Wasser in das Spülbecken eingelassen, als das Telefon klingelte.

Seufzend zog er die Handschuhe wieder aus, ging zum Schreibtisch und nahm den Hörer ab.

„Lübbing“, meldete er sich.

„Lübbing“, klang es aus der leicht rauschenden Leitung, „Lübbing, hier ist Helen.“

„Helen, nett von dir anzurufen. Wie läuft es denn so in Portugal?“ In Lübbings Stimme klang die Freude, von ihr zu hören.

Es dauerte einen Moment bis Helen antwortete: „Ehrlich gesagt Lübbing, es läuft überhaupt nicht.“ Ihre Stimme klang belegt.

„Was ist los Helen, habt ihr Probleme?“

„Ja, haben wir“, klang es aus dem Hörer, „und zwar miteinander.“

„Willst du es am Telefon erzählen?“

„Eigentlich nicht. Nur soviel, dass Undine total abdreht, seitdem wir hier sind. Die ist nicht wiederzuerkennen. Benimmt sich, als wäre sie auf einer Ballermann-Fete.“

Lübbing fragte überrascht: „Wie bitte, was soll das heißen?“

Helens Stimme bekam nun einen wütenden Unterton: „Sie säuft plötzlich den ganzen Tag und nennt das *Party machen*. Im Augenblick dämmert sie schon wieder angezogen auf dem Bett neben mir.“ Kurze Pause, dann: „Und sie schläft mit anderen Frauen.“

„Was?“, Lübbing glaubte nicht richtig gehört zu haben.

„Ja, sie schläft mit anderen Frauen!“ Entschlossener fuhr Helen fort: „Also Lübbing, ich werde hier früher die Biege machen. Ist im Augenblick nur schwierig, den Charter umzubuchen.“

„Und was ist mit Undine?“, fragte Lübbing

„Ich hab es ihr schon gesagt. Ist mir egal, ob sie dann mitkommt oder noch länger bleibt.“

„Helen, pass auf, du rufst mich auf jeden Fall an, sobald du einen Flug hast. Ich werde dann ...“

In diesem Augenblick klingelte die Türglocke.

„Helen, bleib dran, bei mir klingelt es gerade.“ Er legte den Hörer auf den Schreibtisch und ging zur Tür. Über die Gegensprechanlage fragte er. „Ja. Bitte?“

„Die Post. Ein Einschreiben für Herrn Lübbing“, klang es blechern aus dem Lautsprecher.

Lübbing drückte den Türöffner und öffnete seine Etagentür. Der Postbote stieg die drei Stufen von der Haustür bis zu Lübbings Parterrewohnung hoch und fragte noch einmal freundlich: „Sie sind Herr Lübbing?“

„Ja, allerdings.“

Der Mann hielt ein gelbliches Kuvert hoch: „Dann ist das für Sie. Sie müssen nur noch unterschreiben.“ Er suchte in der Brusttasche seiner Dienstjacke und stutzte: „Jetzt habe ich doch irgendwo meinen Stift liegengelassen. Wenn Sie vielleicht ...?“

„Ja, ja“, sagte Lübbing genervt, er dachte an das Gespräch mit Helen. „Kommen Sie schon rein.“ Im Wohnzimmer ging er zu seinem Schreibtisch, nahm einen Kugelschreiber, drehte sich um – und sah in eine Pistolenmündung mit Schalldämpfer, keinen halben Meter entfernt. Die Mündung zielte auf seine Stirn. Lübbing erstarrte. Der Postbote ließ die freundliche Maske fallen und stieß hervor: „Ja Lübbing, so sieht man sich wieder. Damit hast du wohl nicht gerechnet.“ Die Hand mit der Pistole wanderte kurz nach rechts. „Setz dich da auf das Sofa.“

Jetzt sah der Mann Paula schlafend auf dem Flokati liegen. Er wirkte plötzlich ein wenig unsicher: „Beißt der?“

Lübbing musste sich sammeln, um zu antworten. Er spürte seinen schnellen Pulsschlag, auch das Atmen fiel ihm schwer. Der Schock saß tief, alles kam so unerwartet. Schließlich sagte er mit heiserer Stimme: „Nein, nein, der ist harmlos.“

Der falsche Postbote zog mit der linken Hand Lübbings Schreibtischsessel heran und setzte sich ihm gegenüber. Der Stuhl stand verkehrt herum, sodass er sich mit den Armen auf der Rückenlehne abstützen konnte.

Die Pistole zeigte unverändert auf Lübbing. Dessen Körper reagierte nun auf den Schreck und die Bedrohung. Er hatte das Gefühl, sich gleich übergeben zu müssen und er merkte, dass ein Zittern seinen ganzen Körper erfasste. Wie ein Pennäler bei einer mündlichen Prüfung schob er seine Hände unter die Oberschenkel, um sie ruhigzustellen. Zwar hatte er schon einmal in die Mündung einer Waffe geblickt, aber damals war die Situation nicht die gleiche. Er hatte den Täter gut gekannt, war mit ihm befreundet gewesen, und die Lage hatte sich situationsbedingt ergeben. Aber das hier war etwas ganz anderes. Ein Fremder, der ihn allerdings zu kennen schien, war zielgerichtet und geplant in seine Wohnung eingedrungen, um ihn zu bedrohen. Lübbing hatte einfach nur noch Angst.

Der Mann hatte Lübbing unterdessen noch einmal eingehend gemustert. Schließlich begann er, in einem leichten Plauderton zu sprechen: „Du erkennst mich nicht mehr, oder? Siehst ziemlich ängstlich und ratlos aus."

Lübbing schaute dem Mann ins Gesicht. Bei aller Angst kam ihm doch der Gedanke, der Mann wollte reden. Zumindest erst einmal. Er ahnte, wen er vor sich hatte. Schließlich sagte er mit belegter Stimme: „Franz-Josef Grundel?"

„Gut, sehr gut. Bin ich tatsächlich. Deine Logik hat trotz der misslichen Situation für dich noch nicht ausgesetzt. Dann können wir uns erst einmal unterhalten." Eine Falte erschien auf seiner Stirn: „Aber du kannst mich nicht richtig einordnen?", fragte Grundel.

Lübbing antwortete: „Nein, ich kann ich mich nicht erinnern."

Grundels Miene verfinsterte sich: „Natürlich, an mich will sich niemand erinnern. Der weggeschlossene, über Jahre mit Drogen vollgepumpte Grundel!" Der Mann ereiferte sich, seine Stimme war merkwürdig schrill und seine Augenlider flatterten. „Der Grundel, ein sogenanntes psychisches Wrack, eine wandelnde chemische Mülldeponie, angefüllt mit all den Präparaten, die man ihm verabreichte. Von fürsorglichen Ärzten in eine Zwangsjacke gesteckt!"

Lübbings Angst stieg wieder. Grundel litt bestimmt immer noch an seinem schweren psychischen Defekt. Sein Blick fiel auf die Hand mit der Pistole. Sie zitterte, aber die Waffe war noch nicht gespannt. Er schaute Grundel wieder ins Gesicht. Der atmete schwer, sein Wutausbruch hatte ihn Kraft gekostet, die Augenlider waren fast geschlossen.

Lübbing sah zu seinem Schreibtisch. Dort lag immer noch der Telefonhörer. Er hatte nicht aufgelegt, Helen könnte also noch dran sein – und sie könnte hören, was hier passierte. Ein Hoffnungsschimmer. Er blickte wieder auf Grundel und sagte laut und deutlich: „Die Pistole macht mir Angst."

Grundel schreckte hoch, und Lübbing befürchtete schon, er hätte etwas gemerkt. Er betrachtete Lübbing forschend, ging aber nicht weiter auf seine Bemerkung ein. Stattdessen begann er wieder mit der Plauderei. „Also, betreiben wir mal etwas Gedächtnisauffrischung. Film-Workshops, ist dir das noch ein Begriff?"

Lübbing war verwirrt, mit dem Thema hatte er nicht gerechnet. Aber der Mann wollte darüber reden, und solange er darüber sprach, kam er auf keine gefährlicheren Gedanken. Zunächst sagte er aber noch einmal: „Bitte, die Pistole." Er hoffte, dass seine Stimme fest und klar genug war.

Grundel wedelte verärgert mit der Hand, die die Waffe hielt: „Du sollst bei der Sache bleiben! Du hast mal einen Workshop in der Schule in Belm gehalten, weißt du das noch?"

Lübbing erinnerte sich vage. Er war schon in seiner Jugend ein großer Filmfan gewesen, hatte sogar in Belm über den Ortsjugendring ein sogenanntes „Kommunales Kino" organisiert, mit Aufführungen zu erschwinglichen Preisen für die Jugendlichen. Das alles hatte im Saal der Gaststätte Osterhues im alten Ortskern stattgefunden. Und er hatte einige Workshops in Schulen abgehalten. Leider war die ganze Sache dann sanft entschlummert.

Lübbing nickte: „Ich erinnere mich."

„Siehst du, geht doch. Ich fand diesen Workshop damals aufregend und spannend, war begeistert. Das hat noch Jahrzehnte später meine Studien- und Berufswahl beeinflusst."

„Sie meinen die Arbeit an der Filmakademie in Oklahoma?", Lübbing brachte es nicht über sich, den Mann zu duzen.

Grundel wirkte überrascht: „Das weißt du auch schon." Dann verfinsterte sich seine Miene. „Haben dir wohl deine Kumpels von der Polizei gesteckt. Mit denen du so vertrauensvoll zusammenarbeitest, anstatt auf meine Wünsche einzugehen. Ein bisschen mehr Loyalität hätte ich schon erwartet, nachdem ich dir soviel Material für eine gute Story geliefert habe."

„Loyalität!", Lübbing vergaß für einen Augenblick, in welcher Situation er sich befand, „Loyalität gegenüber wem denn? Es waren widerliche Fotos. Grässliche Morde, monströs und ekelerregend, und da reden Sie von Loyalität!"

Grundels Hand mit dem Revolver zuckte vor. Lübbing merkte, dass er zu weit gegangen war. Der Mann geiferte ihn förmlich an: „Monströs und ekelerregend? Und was war die Sache mit Karin?

Nur ein kleiner Unfall, he?", Grundels Stimme kippte fast vor Erregung: „Tot! Einfach tot liegen gelassen, wie ein Stück Unrat. Und die Täter wurden zu angesehenen Mitgliedern der Gesellschaft, keiner zog sie zur Verantwortung. Gerechtigkeit, Lübbing! Das waren gerechte Strafen, nichts als gerechte Strafen!"

Grundels Stimme kippte endgültig. Er verstummte, schnappte nach Luft. Lübbing sah seine flackernden Augen. Grundel wechselte die Pistole in die linke Hand. Lübbing befürchtete das Schlimmste, das Zittern seiner Hände verstärkte sich, zog bis in die Oberarme hinauf. Dann sah er, wie der Mann mit der rechten Hand in die Tasche seiner Jacke griff, ein Tablettenröhrchen herausholte, den Deckel mit den Vorderzähnen abriss und sich mehrere Pillen in den Mund warf. Er würgte sie hinunter und bemühte sich danach, tief und ruhig durchzuatmen. Grundel pumpte ungefähr eine Minute, Lübbing wagte nicht, sich zu bewegen.

Dann atmete Grundel noch einmal tief durch, sagte ruhig und beherrscht: „Lass das. Reg mich nicht so auf. Wenn ich mich vergesse, kannst du dich auch vergessen." Er atmete noch einmal durch. „Ich werde dir alles in Ruhe erzählen. Ein letztes Gespräch zwischen Täter und Opfer. Frag nur." Der letzte Satz klang, als sei er völlig unbeteiligt am Geschehen.

„Opfer", Grundel hatte „Opfer" gesagt. Lübbing spürte einen starken, beklemmenden Schmerz im Brustkorb. Mit „Opfer" war er gemeint. Er musste reden, Fragen stellen, Zeit schinden. Zeit war seine einzige Chance, falls er überhaupt noch eine hatte. Er versuchte, den Schmerz und das Zittern zu ignorieren, sammelte sich einen Augenblick und stellte die erste Frage.

*

Helen hatte die ganze Zeit ungeduldig am Telefon gewartet. Sie hörte zwei undeutliche Stimmen, irgend jemand sprach von Einschreiben und Unterschrift. Dann wurden die Stimmen klarer, Lübbing und der Postbote mussten neben dem Schreibtisch stehen. „Mensch Lübbing, nun mach schon. Mir rattert hier das Guthaben vom Handy runter", dachte sie. Aber anscheinend plauderte Lübbing mit dem Briefträger munter weiter. „Das darf doch nicht wahr sein“, knurrte Helen genervt in das Handy und wollte sich gerade lautstark und mit Nachdruck in Erinnerung bringen, als sie hörte, wie eine Stimme plötzlich lauter und schriller wurde. Außerdem meinte sie „chemische Mülldeponie“ und „Zwangsjacke“ gehört zu haben. Irritiert versuchte sie nun, konzentriert etwas zu hören, zum Glück war die Leitung jetzt frei von Störgeräuschen.

Dann war Lübbings Stimme zu hören, „Die Pistole macht mir Angst.“ Helen dachte zuerst, nicht richtig gehört zu haben. Dann noch einmal Lübbing: „Bitte, die Pistole“, dieses Mal ganz klar und deutlich. Erschrocken und verwirrt setzte Helen sich auf die Bettkante. Angst kam hoch. Lübbing steckte in Schwierigkeiten, nein, nicht nur in Schwierigkeiten, er wurde bedroht.

Was konnte sie machen? Was, um Himmels Willen, konnte sie nur machen?

„Ich muss Warnecke anrufen.“ Aber es war Samstag, und außerdem hatte sie weder die Nummer der Polizeiinspektion Osnabrück noch die seines Handys. Während sie weiter nachdachte und auf eine Idee hoffte, verfolgte sie auch die Geräusche aus dem Handy. Aber Lübbing schien sich jetzt mit seinem ungebetenen Besucher ganz normal zu unterhalten.

Plötzlich die Idee. Volker, ihr Bruder, könnte vielleicht helfen. Sie drehte sich um und schüttelte ihre Freundin, die den Rausch der letzten Nacht wegdöste.

„Undine, Undine, wach endlich auf!“ Helen schüttelte heftiger. Undine wälzte sich auf den Rücken und blickte Helen missmutig an: „Was ist denn los?“

„Ich brauche dein Handy.“

„Was?“

„Verdammt noch mal, dein Handy. Wo ist es?“

„Aber du hast doch selbst eins.“

Helen gingen die Nerven durch. Sie packte Undine mit der linken Hand an der Bluse, riss sie hoch und schrie: „Dein blödes Scheiß-Handy, wo ist es?“

Undine zuckte zusammen, als wäre sie geschlagen worden. Dann zeigte sie ängstlich auf die Kommode am Bettende. Helen ließ sie los, und Undine fiel zurück auf das Kopfkissen. Zwei Knöpfe ihrer Bluse waren abgerissen.

Helen stürzte zur Kommode, legte ihr eigenes Handy aus der Hand und wählte dann hektisch auf Undines Apparat Volkers Nummer. „Bitte, bitte Bruderherz, geh ran", dachte sie. Es dauerte einige Sekunden, dann war eine Stimme zu hören.

„Ja, hier Westphal."

„Volker, Helen hier, hör zu ..."

„Helen, schön dich ..."

„Hör mir zu ,Volker!", schrie Helen in die Leitung, „hör mir einfach nur zu!"

Volker Westphal kannte seine Schwester nur zu gut, sie war fast in Panik und das passierte selten. Er fragte nur: „Helen, was ist?"

„Lübbing ist in großen Schwierigkeiten. Da bedroht ihn jemand in seiner Wohnung. Und ich bin in Portugal. Du musst versuchen, über die Polizeiinspektion in Osnabrück Kommissar Warnecke zu erreichen, die müssen ihm helfen!"

„Geht in Ordnung, aber was ist denn ..."

Helen unterbrach ihn: „Nicht jetzt, Volker! Mach einfach nur den Anruf. Der Typ in Lübbings Wohnung hat anscheinend eine Pistole."

„Alles klar, wird gemacht."

„Mach schnell!" Helen drückte die Verbindung weg und hielt sich wieder ihr eigenes Handy ans Ohr. Sie hörte nach wie vor ein Gespräch. Gott sei Dank, es war noch nichts weiter passiert.

Undine meldete sich zu Wort. Sie war durch Helens laute Stimme richtig wach geworden, hatte sich im Bett aufgerichtet und fragte nun: „Ist Lübbing in Schwierigkeiten?"

„Sehr", antwortete Helen und musste bei dem Wort schlucken.

„Oh, Scheiße", war Undines kurzer Kommentar, bevor sie zurück in die Kissen sank und wieder die Augen schloss . Helen betrachte ihre Freundin ungläubig, irgendetwas zerbrach in ihr. Mit dieser Reaktion war die Beziehung zu Undine für sie endgültig beendet. Dann lauschte sie weiter dem Gespräch auf ihrem Handy.

*

Volker Westphal handelte souverän und überlegt. Es war ein Zufall, dass er am Samstag im Büro saß, aber am Montag stand eine wichtige Geschäftsreise an, und er wollte noch einmal alle Unterlagen einem letzten Check unterziehen. Jetzt schob er sie zur Seite, ergriff das Telefon und erfragte bei der Auskunft die Nummer der Polizeiinspektion. „Entschuldigung, aber ich muss heute noch und ganz dringend Kommissar Warnecke erreichen", meldete er sich in der Zentrale.

„Da haben Sie Glück", sagte eine freundliche Stimme, „er ist heute im Dienst. Ich stelle durch. Wie ist bitte Ihr Name?"

Warnecke nahm das Gespräch entgegen, konnte allerdings mit dem Namen Westphal nicht sofort etwas anfangen. Aber der Anrufer erklärte ihm schnell, dass er im Auftrag von Lübbings Freundin Helen anrufe, die seine Schwester sei. „Es geht hier um einen Notfall. Lübbing steckt in Schwierigkeiten."

„Was?"

„In mächtigen Schwierigkeiten. Helen ist in Portugal und telefonierte gerade mit ihm. Das Gespräch wurde unterbrochen, weil Lübbing jetzt von jemandem mit einer Waffe bedroht wird. Die Verbindung stand allerdings noch, und Helen konnte alles mithören."

Warnecke wurde hektisch. Er winkte mit dem linken Arm, um die Aufmerksamkeit seiner Kollegen zu erlangen, die eigentlich mit der Suche nach dem vermissten Briefträger beschäftigt waren. Er aktivierte den Lautsprecher seiner Telefonanlage. So konnte jeder mithören.

„Wie geht es Lübbing?"

„Laut Helen noch gut. Man unterhält sich. Allerdings ist das jetzt auch schon wieder einige Minuten her."

Warnecke sprach hektisch ins Telefon: „Wir sind schon unterwegs. Vielen Dank für Ihren Anruf, Herr Westphal!"

„Halt, halt!", insistierte der, „Ich habe hier noch eine Nummer für Sie, unter der Sie Helen erreichen können. So erfahren Sie vielleicht, was wirklich in der Wohnung passiert."

Warnecke kritzelte die Nummer schnell auf einem Stück Papier mit. Dann warf er den Hörer auf und erklärte seinen Kollegen: „Lübbing hat großen Ärger. Wird mit einer Waffe in seiner Wohnung bedroht. Wir müssen sofort los, die genauen Umstände gibt es unterwegs."

Nachdem Volker Westphal aufgelegt hatte, dachte er einen Moment nach.

Dann nahm er seine Wagenschlüssel vom Schreibtisch, eilte in die Tiefgarage. Er nahm mit dem Fahrzeug Kurs in Richtung Innenstadt und Katharinenstraße.

Zeit gewinnen. Grundel schien sich zusehends zu entspannen, offensichtlich wirkten die Medikamente. Lübbing fragte: „Warum haben Sie mich in die Sache hineingezogen?“ Er blieb beim Sie.

Er hatte Glück, der Mörder war in Plauderstimmung: „Ich wollte, und das will ich immer noch, die Angelegenheit mit einem Paukenschlag beenden. Wenn alle erledigt sein werden, die an Karins Tod Schuld tragen, wird die Öffentlichkeit über die Hintergründe informiert. Dazu brauche ich die Presse, und als ich wieder hier in Osnabrück war, erfuhr ich, dass du mittlerweile als Journalist tätig bist. Ich habe dich ausgewählt, mit der Geschichte kannst du richtig Geld machen!“ Grundels Blick wurde wieder nervöser und flatternder: „Aber du hast eben nicht mitgespielt und deshalb sitzen wir jetzt hier. Ich lasse mir so etwas nicht bieten!“

Lübbing beeilte sich mit der nächsten Frage, damit Grundel sich nicht wieder in einen Wutausbruch hineinsteigerte: „Und weshalb diese Inszenierungen und diese seltsamen Hinweise auf den Fotos? Sie hätten die Männer doch auch ganz einfach nur umbringen können.“

Grundel lächelte: „Ein Spiel, einfach, um die Sache ein bisschen erfreulicher zu machen. Es hat mir Spaß gemacht, das ist eigentlich schon Grund genug. Die Inszenierung ist schließlich mein Metier. Findest du die Morde so nicht auch viel medienwirksamer? Die machen doch richtig was her! Hättest wirklich massenhaft Leser für deine Storys bekommen, aber du hast ja nichts geschrieben. Dabei sind Film und Musik doch deine Spezialgebiete.“

Lübbing dachte: „Irre, der ist komplett irre. Redet von erfreulichen Morden.“

„Hast du die bisherigen Rätsel eigentlich alle herausbekommen?“

Lübbing überlegte einen Augenblick. Ein perverses Rätselraten war das, aber er gewann Zeit. Zeit wofür? Worauf wartete er? Trotzdem antwortete er: „Nur Don Camillo und Wanda Jackson.“

„Nur zwei, Lübbing, das ist enttäuschend“, tadelte der Mörder, „da habe ich dich wohl zu hoch eingeschätzt.“

Lübbing hakte ein: „Was ist mit dem ersten Fall“, es fiel ihm schwer, das Wort Mord in den Mund zu nehmen, „der mit der Bohnendose?“

„Aber Lübbing, das ist doch wirklich einfach. Bohnen, oder englisch beans. Rowan Atkinson, Mr. Bean, den wirst du doch wohl kennen?“

Lübbing nickte.

„Da gibt es diesen bekannten Sketch, in dem Mr. Bean am Strand versucht, seine Unterwäsche aus und die Badehose anzuziehen, ohne die Oberbekleidung abzulegen, weil noch jemand am Strand ist, der ihm zusehen könnte. Und dabei erdrosselt er sich fast mit seiner Kleidung.“ Grundel schüttelte den Kopf: „Das war doch nun wirklich nicht schwer.“

Lübbing schaute den Mann an. Der schien ehrlich betrübt, dass er die Lösung nicht gefunden hatte. Dabei hatte Lübbing den Sketch ganz anders in Erinnerung. Bog Grundel sich alles so zurecht, wie es ihm passte? „Und was ist mit dem letzten Spruch – man soll in keinen Sarg sich legen, will man nur kurz der Ruhe pflegen?“

„Lübbing, der ist doch von Heinz Erhardt. Das hättest Du aber wissen können“, Grundel benahm sich wie ein Quizmaster, der seinen ausgeschiedenen Gast bedauerte. Er schaute kurz auf seine Uhr. „Diese Geschichte geht übrigens auch dem Ende zu. Nur noch ein paar Stunden.“ Er reckte sich, als ob er eine Verkrampfung lösen wolle: „Dann ist nur noch Meißner übrig – und du natürlich.“

Da war sie wieder, die Drohung. Lübbing fühlte seine Schläfen pochen. Grundel war verrückt, komplett verrückt. Hielt hier mit ihm eine muntere Plauderrunde ab, an deren Ende sein Ende stehen sollte. „Mach weiter, Lübbing, immer weiter. Beschäftige ihn. Du musst ihn immer wieder zum Erzählen bringen“, hämmerte es in seinem Kopf.

*

Der Zivilwagen mit den fünf Polizisten hielt an der Ecke Herderstraße / Katharinenstraße. Warnecke informierte Schröder: „Ich gehe jetzt rechts runter. Vielleicht kann ich am Haus etwas entdecken." Er deutete in die Straße hinein. „Es ist das gelbliche Gebäude in der linken Zeile, das mit den Stuckverzierungen." Schröder nickte.

Warnecke ging los, bis zu Lübbings Haus, wechselte die Straßenseite und verlangsamte den Schritt. Er wusste, Lübbings Wohn- und Schlafzimmerfenster waren an der Frontseite rechts. Aber er konnte nichts Auffälliges entdecken. Die Fenster waren geschlossen, die Vorhänge im Wohnzimmer halb zurückgezogen. Hinter den sich spiegelnden Scheiben waren keine Personen zu sehen. Warnecke ging schnellen Schrittes zu seinen Kollegen zurück.

„So ist nichts zu erkennen." Er griff sich sein Handy und den Zettel mit Helens Nummer. Sie war schon nach dem ersten Rufzeichen dran. „Warnecke hier. Hast du noch Verbindung zu Lübbing?"

„Ja, sie unterhalten sich immer noch."

„Worüber?"

„Ich kann nicht alles verstehen. Aber vom Tonfall her scheint es eine ruhige, normale Unterhaltung zu sein."

„Und du bist sicher, dass sie im Wohnzimmer sind?"

„Müssen sie sein. Lübbing hat das Telefon am Schreibtisch. Er hat ja von dem Apparat aus mit mir gesprochen, als es an der Tür klingelte. Sie müssen auf jeden Fall im Wohnzimmer sein."

„Helen, wir holen Lübbing da raus, versprochen. Wenn ich mich recht erinnere, kann man auch von hinten in seine Wohnung kommen. Da war doch ein Balkon mit einer Tür zur Küche."

„Richtig. Durch den Garten auf den Balkon und dann durch die Küche ins Wohnzimmer."

„Alles klar. Bleib jetzt dran, du musst mich auf dem Laufenden halten!"

Warnecke winkte seinen Männern: „Wir versuchen es von hinten über den Balkon. Kaiser, du klingelst vorn, um den Typen abzulenken. Wir geben dir per Handy den Einsatz. Ihr anderen kommt mit mir. Erst geradeaus, dann rechts in die Rolandstraße und die nächste gleich wieder rechts, so kommen wir auf die Rükkseite." Er sprintete los, die anderen drei mit ihm. Sie pirschten durch den rückwärtigen Garten und konnten ohne Mühe über das Geländer des ebenerdigen Balkons klettern. Warnecke nahm wieder sein Handy und flüsterte hinein: „Helen, sind sie noch im Wohnzimmer?"

„Unverändert."

Er sah seine Leute an: „Ich rufe jetzt Kaiser an, dass er klingeln soll."

*

Lübbing fiel keine Frage mehr ein. Das Gefühl der Hilflosigkeit gewann wieder die Oberhand. Er hatte Durst und merkte, dass sich Schweiß auf seiner Stirn gebildet hatte, unterdrückte aber den Impuls, ihn abzuwischen, weil er nicht einschätzen konnte, wie Grundel auf seine Bewegung reagieren würde. Außerdem wollte er nicht, dass der Mann sah, wie sehr seine Hände zitterten. „Fragen stellen, du musst ihm Fragen stellen. Denk nach, Lübbing, das kann doch so schwer nicht sein. Es geht um dein Leben!", dachte er.

„Wieso ...", er brachte nur ein Krächzen zustande, setzte noch einmal neu an: „Wieso ausgerechnet jetzt, nach all den Jahren? Nach dieser langen Zeit und nicht schon früher?"

Grundels Haltung veränderte sich. Er wirkte nun angespannter. Eingehend musterte er Lübbing, schließlich stieß er hevor: „Ich habe es nicht gewusst. Mein Vater hat mir nie etwas gesagt." Er bemerkte Lübbings überraschten Gesichtsausdruck. „Ja, mein Vater. Er hat die Täter gesehen."

Lübbing wollte eine weitere Frage stellen, doch Grundel kam ihm zuvor: „Vater stand an einem Fenster im ersten Stock. Er hat gesehen, wie Karin von den Jungen verfolgt wurde, wie sie stürzte und auf der Treppe liegenblieb. Er hat gesehen, wie die Jungen sich über sie beugten und wie sich einer an ihr zu schaffen machte. Zuerst dachte er, sie wollten ihr hochhelfen. Doch dann rannte die ganze Gruppe weg. Und sie rührte sich immer noch nicht. Da ist er dann runter zu ihr und hat gesehen, dass sie tot war."

Lübbing hatte die missliche Situation, in der er sich befand, nun völlig vergessen: „Woher wissen Sie das alles?"

„Vater hat alles aufgeschrieben. Nach seinem Tod gab mir der Notar und Testamentsvollstrecker einen versiegelten Briefumschlag. Der enthielt die ganze Geschichte."

„Warum hat Ihr Vater damals nichts der Polizei gemeldet?"

„Er hatte die Jungen erkannt. Einer von ihnen war Köhler, der Sohn eines früheren Freundes meines Vaters, mit dem er aber zerstritten war, sogar jahrelang gegen ihn prozessiert hat, leider erfolglos. Es ging da um irgendeine Patentanmeldung, bei der er übervorteilt wurde. Er hasste den alten Köhler abgrundtief. Ihm kam wohl sofort der Gedanke an eine Erpressung. So hat er sich sein Geld doch noch zurückgeholt."

Lübbing beugte sich vor: „Warum sind Sie nicht jetzt zur Polizei gegangen?"

Grundel schüttelte heftig den Kopf: „Da wären die fünf zu billig weggekommen. Die waren doch damals noch gar nicht strafmündig. Wenn das sofort rausgekommen wäre, hätten sie vielleicht eine Jugendstrafe bekommen. Aber heute? Ich aber wollte, dass sie für ihre Tat richtig bezahlen."

„Bezahlt haben doch wohl vor allem die Eltern. Was glauben Sie, woher der größte Teil des Geldes stammt, das Ihr Vater Ihnen vererbt hat? Man könnte sagen, Sie profitieren noch heute von Karin Baakes Tod!" Lübbing war immer lauter geworden, den letzten Satz hatte er fast geschrien. Seine Nerven versagten, er hatte sich einfach nicht mehr im Griff.

Grundels Reaktion kam augenblicklich. Er sprang auf, den Arm mit der Pistole ausgestreckt: „Schluss jetzt, Lübbing. Beenden wir das Ganze. Was weißt du denn schon, wie es ist, jahrelang weggesperrt zu werden. Du und dein humanistisches Gerede!" Er kam noch näher auf Lübbing zu und spannte den Hahn der Pistole.

In den nächsten Augenblicken passierten mehrere Dinge fast zeitgleich.

Helen hatte weiterhin mitgehört. Dann schrie sie in das zweite Handy: „Das eskaliert! Warnecke, hörst du, das eskaliert!" Warnecke reagierte prompt. Er schnappte sich einen der hölzernen Gartenstühle und schlug das Glas der Balkontür kaputt. Zwischen den messerscharfen Glasresten im Rahmen hindurch fasste er nach innen zum Türknopf. Er hörte es drinnen stürmisch klingeln, das musste Kaiser sein. Im nächsten Augenblick kam aus der Wohnung ein lauter Schrei. Jetzt war ihm alles egal, er drängte sich direkt durch die zersplitterte Scheibe. Er spürte einen scharfen Schmerz auf dem rechten Handrücken, dann stand er in der Küche und stürmte weiter in Richtung Wohnzimmer. Hinter ihm folgten die Kollegen.

*

Grundel zuckte nur kurz zusammen, als das Chaos losbrach. Der Arm mit der Pistole, den er kurz gesenkt hatte, hob sich wieder. Schnell rückte er noch ein Stück näher an Lübbing heran. Der schloss die Augen, drehte den Kopf zur Seite – und hörte einen lauten Schrei. Er riss die Augen wieder auf. Grundel kniete am Boden, vornübergebeugt. Das Gesicht schmerzverzehrt. Paula hatte sich in seiner rechten Ferse verbissen. Die Waffe lag neben Grundels rechter Hand. Geistesgegenwärtig trat Lübbing sie weg. Grundel wälzte sich auf die Seite, versuchte den Hund wegzuziehen. Keine Chance, Paula verbiss sich nur noch fester. Plötzlich flog die Tür auf. Lübbing blickte in vertraute Gesichter, Warnecke vorneweg. Der sprang weiter vor, drehte seine Waffe und schlug Grundel kräftig mit dem Griff auf die Schläfe. Der sackte sofort in sich zusammen, erst jetzt ließ Paula los. Schwer atmend deutete Warnecke auf den am Boden Liegenden. „Los, Handschellen!", befahl er. Dann eilte er zum Schreibtisch und nahm das Telefon.

„Helen, Lübbing ist in Ordnung."

Einige Sekunden hörte er überhaupt nichts.

„Helen, bist du noch dran?" Sie bejahte und wollte Lübbing sprechen.

„Gönne ihm erst einmal eine Atempause. Er kann sich nachher bei dir melden."

Warnecke legte auf und drehte sich zu Lübbing um. „Und, alles klar?"

Der nickte mit dem Kopf und presste hervor: „Trinken, ich muss etwas trinken."

Während Kerkhoff ihm ein Glas Wasser aus der Küche holte, ging Warnecke zur Tagesordnung über. „Bollmann, nun steh hier nicht herum wie eine Salzsäule. Hol lieber eine Ambulanz für den hier", er deutete auf Grundel. „Ich will auch, dass sich ein Arzt um Lübbing kümmert."

Bollmann hatte tatsächlich wie erstarrt dagestanden und auf Paula geblickt. Er hatte beobachtet, wie der Hund Grundels Ferse losgelassen und sich kurz geschüttelt hatte, um dann gemächlich zu seiner Decke zurückzutrotten. Dort lag er nun, unbeeindruckt von der Hektik in seiner Umgebung und hatte die Augen geschlossen.

„Können Hunde eigentlich Nerven wie Drahtseile haben?", dachte Bollmann. Dann beeilte er sich, der Anweisung Warneckes zu folgen. Als er vom Telefon zurückkam, fiel sein Blick auf einen Umschlag, der am Boden lag. Er bückte sich und hob in auf, um ihn Lübbing anzureichen. „Hier, deine Post." Dann hatte er die Anschrift gelesen: „Komisch, der ist überhaupt nicht für dich."

Lübbing nahm ihm den Umschlag aus der Hand und las. Dann schlug er sich mit der Hand vor die Stirn: „Das ist es!"

Die Beamten schauten ihn verständnislos an.

Er gab Warnecke das Einschreiben. „Die Adresse, Heinz Erhardt, Garibaldistraße 8."

Warnecke blickte immer noch ratlos.

„Der letzte Spruch, der mit dem Sarg und zur Ruhe legen, den Grundel geschickt hat. Der stammt von Heinz Erhardt, das hat er mir vorhin selbst erklärt. Heinz Erhardt, Garibaldistraße 8, ich glaube, dort werden wir den vermissten Briefträger finden. Wahrscheinlich in einer Kiste oder etwas Ähnlichem."

Warnecke entschied schnell: „Schröder, schick schon mal einen Streifenwagen zur Garibaldistraße. Wir kommen sofort nach. Du bleibst aber hier bei Lübbing, bis die anderen Kollegen und der Arzt eintreffen."

Kaum war Grundel ins Krankenhaus transportiert worden, rief Warnecke an und erklärte, dass sie Schnellte gefunden hätten. In einem schon fast vollständig mit warmem Wasser gefüllten Sarg im Gartenhäuschen. Der Mann sei ein durchnässtes, wimmerndes Nervenbündel gewesen, und der herbeigerufene Arzt habe ihm starke Beruhigungsmittel gegeben.

Dann war Lübbing endlich allein. Er gab Paula zu essen, kraulte ihn auch ein wenig. Er holte sich den angebrochenen Sechserpack ins Wohnzimmer und stellte ihn in bequemer Reichweite auf den Schreibtisch. Er wählte Helens Handynummer.

*

Ein Verfahren gegen Ludwig Meißner und Hugo Schnellte fand nicht statt. Die Staatsanwaltschaft stellte das Ermittlungsverfahren aufgrund der vergangenen Zeit und unter Berücksichtigung des damaligen Alters der Täter ein.

Franz-Josef Grundel wurde wieder ein Fall für eine geschlossene Anstalt. Die Befragungen der Polizei ließ er teilnahmslos und ohne irgendeine Reaktion über sich ergehen. Er wurde für verhandlungsunfähig und nicht zurechnungsfähig erklärt. Sein späteres Verhalten wechselte nach Aussagen der Ärzte zwischen absoluter Apathie und wilden Tobsuchtsanfällen. Wenn er sich unbeobachtet fühlte, hörte man ihn manchmal leise singen: „Go tell Aunt Rhodie her old gray goose is gone, tell her that it's gone away."

Ein knappes Jahr später rannte er sich bei einem Hofgang den Schädel an der Mauer ein.

*

Helen und Undine waren fünf Tage später wieder in Osnabrück. Unmittelbar nach ihrer Ankunft rief Helen Lübbing an, der sofort mit Paula und dessen Utensilien zu Undines Wohnung fuhr. Die Stimmung zwischen den beiden Frauen war derartig frostig, dass Lübbing schnell weg wollte und Helen verkündete: „Ich komme mit!"

Auch das Verhalten von Paula hatte nicht gerade zur Hebung der Stimmung beigetragen. Undine breitete die Arme aus, ging in die Hocke und rief: „Ja, da ist doch mein Paula!" Der Hund aber blieb im Türrahmen stehen, legte sich dann hin und schloss die Augen. Erst als Lübbing sagte: „Paula, nun hab dich nicht so. Geh schon zu deinem Frauchen", bewegte er sich, wenn auch recht widerwillig, auf Undine zu. Dafür lief er dann jaulend hinter Lübbing her, als er mit Helen zur Tür ging. Undine war völlig entgeistert. Und Lübbing schaute ein letztes Mal traurig zu Paula. Er fragte sich, ob Hunde weinen können.

ENDE

Danksagung

Wieder haben mich Freunde und Bekannte beim Entstehen dieses Buches begleitet. Einige waren nun schon zum zweiten oder dritten Mal dabei, andere betraten Neuland.
Eine Mischung aus „Veteranen/Innen" und „Frischlingen", denen ich viele Anregungen, Ideen und konstruktive Kritik zu verdanken habe. Es hat Spaß gemacht.

Mein Dank gilt:
Anne - auf deren Diele ich meine „Blues meets Crime"-Premiere hatte. Gruß auch an ihr liebes Team vom Hofladen.
Bärbel - meine Schwester. Keine weiteren Worte, nur ein dicker Kuss.
Birgit - die mich vor einem „Robbie(n)-Williams-Desaster" gleich im ersten Kapitel bewahrt hat.
Claus - der die kritische süddeutsche Fraktion vertrat. Aber, wo genau liegt eigentlich Heidenheim?
Do - nicht nur für die Hilfe bei diesem Buch. Stare con te, mi fa bene.
Tina und Jens - ganz besonders für die schönen Fotoaufnahmen, was bei drei älteren Herren nicht ganz einfach war.
Volker - es ist immer gut eine journalistische „Spürnase" dabei zu haben.
Wilhelm - der die zu korrigierenden Manuskripte sogar mit in den Urlaub nahm.

Weiterhin möchte ich danken:
Meinen Eltern Traudi und Herbert, Doris und Regina vom Buchladen Ankum für ihren Enthusiasmus und ihre Unterstützung, Toni und Mike - meine Bühnenpartner. Ich hoffe, wir werden noch so manchen Saal leer spielen. Ansgar, Blumen-, Oliven- und Buchhändler in einem, grüß mir die „Lennerockers" .

Zitierte Gedichte und Liedtexte:

Die Gedichte „Finsternis“ (Myrkvi) und „Aus der Tiefe“ (Úr djúpinu) stammen von Snorri Hjartarson (1906 - 1986) und sind in dem Gedichtband „Brennend fliegt ein Schwan“ (Brunnin flýgur álft) zu finden. Die Übersetzung stammt von Franz Gislason.

Das Lied „Eine, die du nicht kennst“ von Hannes Wader ist auf der CD „Ich hatte mir noch so viel vorgenommen“. Diese Produktion gilt heute als ein Klassiker des deutschen Liedermachergenres.

Der Song „Talk to me while I'm listening“ wurde 1993 von Nanci Griffith geschrieben. Besonders gelungen ist die Version der irischen Sängerin Frances Black. (CD „Talk to me“).

Die Ballade „Boulder to Birmingham“ von Emmylou Harris stammt von der CD „Pieces of the sky“.

Die „Soft Boys“ waren eine britische Band Anfang der achtziger Jahre, denen man eine große Zukunft voraussagte, und die es, wie so viele andere, dennoch nicht geschafft haben. Bekannt waren sie vor allem für ihre energiegeladenen, pulsierenden Live-Auftritte. Lediglich Sänger und Songwriter Robyn Hitchcock konnte als Solist später eine erfolgreiche Karriere vorweisen. Empfehlenswert ist die Doppel-CD „Underwater Moonlight/... and now it got there“.

Die Liedzeilen „Go tell Aunt Rhodie“ sind dem Buch „Die Heiligen und Sünder von Okay County“ (The Saints and Sinners of Okay County) von Dayna Dunbar entnommen.

Vom selben Autor im Prolibris Verlag

Michael Hopp: Lübbings Varusschlacht
212 Seiten, Paperback, Originalausgabe November 2005
Dritte Auflage 2006, ISBN 3-935263-34-1 / 12,00 EUR

Lübbings zweiter Fall.

Grausige Entdeckung im Museumspark Kalkriese! Dr. Habermann und seine Frau werden ermordet aufgefunden. Sie wurden mit alten römischen Waffen regelrecht hingerichtet. Niemand kann begreifen, warum. Die Osnabrücker Kripo bittet den Journalisten Lübbing um Hilfe, denn er ist nicht nur ein ehemaliger Schüler und Freund des Opfers, sondern auch, wie sein Lehrer, ein passionierter Kenner der römisch-germanischen Geschichte. Als es ein weiteres Opfer gibt, das mit alten germanischen Waffen umgebracht wurde, drängt sich eine Frage immer mehr auf: Spielen da vielleicht ein paar Verrückte die Varusschlacht nach?

Reif für die Insel?

Inselkrimis im Prolibris Verlag

Antje Friedrichs

Letzte Lesung Langeoog

Inselkrimi

6. Auflage 2005

Paperback, 184 Seiten, ISBN: 3-935263-00-7

Antje Friedrichs

Letztes Bad auf Norderney

Inselkrimi

2. Auflage 2005

Paperback, 204 Seiten, ISBN 3-935263-17-1

Birgit Lautenbach · Johann Ebend

Hühnergötter

Hiddensee Krimi

2. Auflage 2006

Taschenbuch, 144 Seiten, ISBN 3-935263-29-5

Birgit C. Wolgarten

Und es wurde Nacht

Rügen Krimi

3. Auflage 2006

Paperback, 251 Seiten, ISBN 3-935263-24-4

Birgit C. Wolgarten

Der Tod der Königskinder

Rügen Krimi

Originalausgabe 2005

Paperback, 190 Seiten, ISBN 3-935263-32-5